Newton Compton Editores

Título original: 伝言猫がカフェにいます *(DENGON NEKO GA CAFE NI IMASU)*

© 2022, Nagi Shimeno. First published in Japan in 2022 by PHP Institute, Inc.
Spanish translation rights arranged with PHP Institute, Inc. through Emily Books
Agency LTD. and Casanovas & Lynch Literary Agency S.L.
© 2025, de la traducción por Silvia Saorín Miralles
© 2025, de esta edición por Antonio Vallardi Editore S.u.r.l., Milán

Todos los derechos reservados

Primera edición: marzo de 2025

Newton Compton Editores es un sello de Antonio Vallardi Editore S.u.r.l.
Pl. Urquinaona, 11, 3.º 1.ª izq. Barcelona, 08010 (España)
www.newtoncomptoneditores.com

Gruppo editoriale Mauri Spagnol S.p.A.
www.maurispagnol.it

ISBN: 978-84-10359-13-0
Código IBIC: FA
DL: B 22.687-2024

Diseño de interiores:
David Pablo

Composición:
Javier Sánchez Meco

Impreso en marzo de 2025 en Puntoweb s.r.l., Ariccia (Roma), en Italia.

Nagi Shimeno

El café de los gatos mensajeros

Traducción de Silvia Saorín Miralles

Newton Compton Editores

Barcelona, 2025

Prólogo

Prólogo

Cuando una persona o un animal fallece, solemos decir que se ha convertido en una estrella y que ahora está en el cielo. Sin embargo, la realidad es que quienes nos dejan no se encuentran tan lejos. El mundo humano y el más allá están conectados entre sí, separados tan solo por una puertecita.

Por tanto, ir y volver entre ambos resulta sencillo.

Pero, si de pronto apareciesen en el mundo humano aquellos que ya no están entre nosotros, habría un gran revuelo. Hay que ser precavido. La clave está en conseguirlo sin que nadie se dé cuenta.

Una habilidad que incluso yo mismo debo seguir practicando.

Capítulo 1

El gato mensajero va a la galería de arte

1

Me despierto por el sonido de una campana que indica el final de la charla.

–Bien, por fin ha terminado.

Me desperezo y arqueo el lomo, de color caramelo con rayas blancas. Estiro las patas delanteras todo lo largo que soy, hasta que ya no puedo extenderme más. Veo a Natsuki por el rabillo del ojo, una gata negra de rostro y mirada seria. Farfulla algo, concentrada.

–Primer precepto: acuéstate y levántate temprano. Segundo precepto: haz ejercicio regularmente. Tercer precepto: intenta no comer demasiado. Cuarto precepto: cuida de ti mismo. Quinto precepto…

No lo sé bien, pero creo que está citando la charla que acabamos de tener, en concreto los «cinco preceptos para vivir una vida larga en el mundo de los humano» que nos ha impartido antes un gato atigrado.

–¡Eres demasiado seria! ¿No ves que es lo que

hacemos siempre? Pero si hasta los has llamado «preceptos».

Natsuki se gira para mirarme con esos enormes ojos suyos. Parece como si se le fueran a salir del enjuto rostro.

–Hasta ahora era Yuna la que cuidaba de mí. No me puedo creer que ahora tenga que hacerlo yo solita…

Me parece que Yuna es el nombre de la dueña de Natsuki; bueno, de su antigua dueña, más bien. Cuando Natsuki tenía dos meses, Yuna la adoptó gracias a unos amigos suyos. Por aquel entonces, era una oficinista recién graduada y vivía sola. Más tarde, cuando Natsuki ya tenía doce años, Yuna se casó y Natsuki se fue con ella a su nueva casa, como si también hubiera contraído matrimonio. Por suerte, el nuevo marido de Yuna era un amante de los gatos y ambos cuidaron de Natsuki durante unos cinco años más hasta que pasó al más allá.

–Deja de lloriquear.

Intento dar a mis palabras un tono condescendiente, pero no lo consigo.

¿Estará bien Michiru? ¿Estará yendo a todas sus clases en la universidad?

Siempre decía que estaba segura de que no le iba a gustar asistir a clases, así que espero que se equivocara y que se esté llevando bien con sus amigos y sus compañeros. Michiru ha sido, desde pequeña, una niña muy tímida y sensible. De hecho, siempre parecía estar al borde de las lágrimas.

Noto un dolor en el pecho y bajo de la silla con un gran salto, para que Natsuki no se percate de que me empieza a moquear la punta del hocico.

2

Llegué al más allá hace tres días. No recuerdo a mis verdaderos padres. De mi nacimiento apenas tengo memoria de un frío suelo de cemento –más tarde supe que se trataba del cuarto donde guardaban las bicicletas en un bloque de edificios– y tiritar débilmente. Tan solo podía acurrucarme para resguardarme del frío. Si no hubiera sido porque papá me encontró mientras volvía del trabajo y me dejó entrar en su casa, hace mucho tiempo que me habría convertido en un residente del más allá.

Desde ese momento, y durante los siguientes diecinueve años, me convertí en un despreocupado gato doméstico junto con papá, mamá y Michiru, que por aquel entonces era todavía una bebé.

Tuve una vida bastante larga en el mundo humano y me enorgullezco de ello.

He conocido a Natsuki, la gata negra, esta misma tarde. Ha crecido entre algodones, tan mimada que ha llegado hasta aquí cargada de más juguetes de los que le caben a una en las manos o, mejor dicho, en las zarpas. Su favorito es un vistoso pájaro de peluche que lleva siempre bien agarrado en la boca.

Parecía tan desamparada, con esa cara de tristeza y sin un ápice de esperanza, que me dio pena y decidí ayudarla.

Para que te admitan oficialmente en el más allá, primero tienes que asistir a una charla informativa de orientación o algo por el estilo. Como yo también tenía que acudir, he decidido llevarme a Natsuki conmigo.

Llevo los últimos tres días investigando diligentemente cada recoveco de este lugar.

—Además, ¿no te parece horrible que no nos dejen ver a nuestros dueños durante los primeros siete meses? Quiero ver a Yuna cuanto antes.

—Es demasiado pronto, la asustarías, así que no nos queda otra que esperar —trato de consolar a Natsuki, cuyo hocico moquea de nuevo.

—El gato que ha dado la charla ha dicho que la Tierra está distorsionada, ¿verdad?

—Ha sido una expresión extraña. En resumen, existe un desequilibrio entre el mundo humano y el más allá. Los espíritus de los humanos fallecidos pueden cruzar la frontera entre ambos mundos cuando llega el Obon, el festival de los difuntos, y también durante el Higan, que es un festival que se celebra en los equinoccios de primavera y otoño. Y para nosotros también será más fácil cruzar en cuanto pasen siete meses.

—Siete meses contando desde hoy...

Natsuki empieza a contar con los dedos, aunque, como no tiene ninguno, realmente solo saca las garras para ayudarse a contar.

—Enero —digo rápidamente.

Desde que he llegado aquí, he contado los meses que faltan muchas veces. Es imposible que me haya podido equivocar.

—¿Enero? Menos mal, entonces llegaré a tiempo.

Natsuki mueve su larga cola de arriba abajo, claramente de buen humor.

—¿A qué llegarás a tiempo, exactamente?

—Al nacimiento del bebé de Yuna. Ahora mismo todavía está en su tripa, pero quiero estar a su lado cuando dé a luz.

Mientras Natsuki recoge sus numerosos juguetes, no deja de menear la cola como si fuera de juguete.

—Oye, ¿por qué no vamos a ver el tablón de anuncios del pasillo? —sugiero.

—Claro, tengo que buscarme un trabajo a tiempo parcial.

—De algún modo hay que pagarse los caprichos.

Aquí, en el más allá, no tenemos que preocuparnos por la comida o el alojamiento, pero si queremos golosinas o juguetes tenemos que pagárnoslos por nuestra cuenta.

—Tienes suerte de ser una gata negra —digo mientras apoyo las patas delanteras en el tablón de anuncios—. Mira, tenéis mucha demanda.

—¡Es verdad! Hay un montón de anuncios que buscan gatos negros.

Natsuki aprieta con fuerza el pájaro de peluche. Los gatos negros son muy populares y están muy solicitados en cafeterías, libros ilustrados y películas.

—Y, además, en cuanto termine el verano estarás muy ocupada —comento.

Natsuki se me queda mirando sin entender.

—¿Por qué?

—Porque podrás trabajar en Halloween.

—¿Como uno de esos gatos negros? ¡Me encantaría! —dice con las orejas levantadas de entusiasmo.

Sus orejas son enormes, puede que incluso más grandes que su cara. Vuelvo la vista al tablón de anuncios y leo la siguiente oferta de trabajo:

«Se buscan gatos trabajadores. Una vacante. Sin importar género, raza o pelaje».

—Ah, este sí que se ajusta a mí. A ver la recompensa... —Leo el resto del anuncio—. Sí, me parece bien.

Asiento y me vuelvo hacia Natsuki. Está absorta leyendo una oferta de trabajo en la que buscan un gato negro para montar en la escoba de una bruja. Casi me echo a reír cuando me la imagino muerta de miedo montada sobre una, agarrando con fuerza su peluche. De todos modos, estoy segura de que esforzará mucho.

—Bueno, nos vemos —me despido. Mientras me doy la vuelta para irme, añado—: Por cierto, el quinto precepto es «Ríe y disfruta todos los días».

Natsuki me mira con sus ojos redondos, que centellean.

—¡Fūta! Te estabas haciendo el dormido ¿verdad? ¡En realidad estabas escuchando al profesor!

—Claro.

Se me erizan los bigotes mientras levanto mi cola atigrada.

—Bueno, recuerda no sobrepasar tus límites. Esfuérzate, pero sin excederte —me dice Natsuki.

—Claro, así los dos podremos reírnos y disfrutar todos los días.

3

«Sube dos colinas y bájalas. Luego avanza por el tercer callejón a la derecha».

Camino mientras recuerdo el mapa que había en el anuncio de la oferta. Aquí, en el más allá, hay un montón de colinas. Aunque puedo saltar algunos de los desniveles, las largas pendientes son agotadoras, incluso para un gato tan majestuoso como yo.

Si tuviera la bicicleta eléctrica en la que solía montar con Michiru, podría llegar en un abrir y cerrar de ojos. No hay muchos gatos a los que les guste salir a explorar. Pero a mí me encantaba cuando me llevaba en mi bolsa negra y me ponía en la cesta delante del manillar de la bicicleta y el viento me soplaba directamente en la cara. En primavera podía oler el dulce aroma de las flores; en verano, el profundo olor de la hierba; en otoño veía cómo las hojas cambiaban de color al rojo y al amarillo. Era realmente bonito. ¿Y en invierno? ¿A quién se le ocurriría salir cuando hace un frío que pela?

En invierno lo mejor es acurrucarse frente al calentador, es de cajón.

Mientras me pierdo en mis propios pensamientos, un aroma familiar me cosquillea el hocico. Este olor me recuerda al río por donde Michiru y yo solíamos dar paseos en bicicleta. En cuanto lo recuerdo, el paisaje frente a mis ojos empieza a desdibujarse y me froto la cara con las patas delanteras.

¿Acaso hay un río por aquí?

Me detengo y miro a mi alrededor frenéticamente. Inclino la cabeza.

Qué raro… Me habré equivocado.

Aunque ya he pasado dos callejones, no encuentro el tercero. Más adelante, el camino vuelve a ser cuesta arriba. Pero en el mapa del tablón de anuncios había claramente dibujado un tercer callejón… O eso creo… Tampoco es que me fíe mucho de mi memoria.

Vuelvo al segundo callejón y deambulo por los alrededores. En ocasiones como estas, mis bigotes resultan de lo más útiles. Pueden detectar con precisión la posición en la que me encuentro y notar hasta el más mínimo cambio en el entorno.

Justo en ese momento, noto que uno de los largos bigotes de mi mejilla derecha se mueve. ¿Por aquí?

Al doblar la esquina del segundo callejón, encuentro un estrecho callejón por el que apenas puede pasar un gato. No me sorprende no haberlo visto antes.

No obstante, como soy esbelto, no me cuesta nada entrar en él. ¡Menos mal que no me dejaban comer demasiadas golosinas! Qué alivio.

Solía pedirle a Michiru que me diera mis favoritas, pero ella me decía: «No puedes comerlas porque si no te pondrás como una bola». En ese momento me parecía una injusticia, pero, gracias a no dármelas, he podido mantener la figura. Le doy las gracias a Michiru mentalmente. Sigo adentrándome en el callejón hasta que, de pronto, noto cómo se ensancha hasta volverse un espacio amplio.

¿Qué es este lugar?

Me viene a la mente con nostalgia el parque donde solía juntarme con los gatos del vecindario. Había un tobogán, dos columpios y un arenero en el que cabían tres niños. Entre los columpios y toboganes había un cerezo y, cuando llegaba la primavera, las flores se abrían todas a la vez y parecían algodones de azúcar. Cerca de la entrada, bajo las ramas, se encontraba nuestra sala de reuniones. Con la edad dejé de asistir a ellas, pero estoy seguro de que aún continúan.

En un rincón de este extraño espacio, que tiene aproximadamente el tamaño de aquel precioso parque, se alza una solitaria casa completamente blanca. En el otro extremo se encuentra una empinada cuesta abajo y, al fondo, se pueden ver un sinfín de casas y coches.

¿En qué mundo estoy? ¿En el de los humanos o en el más allá?

Parpadeo deslumbrado.

Estoy en el más allá. Pero ahora me doy cuenta de que el mundo humano es realmente efímero, temporal. No me había percatado… hasta ahora.

4

La casa blanca es rectangular, tiene un tejado en forma de triángulo y, en la entrada, cerca de la puerta, hay una única ventana de celosía. Parece una casa sacada directamente de un cuento infantil. Al acercarme, me percato de que hay un letrero justo delante. Se trata de un cartel pintado de color blanco y de madera contrachapada, clavado en un tronco que parece salir del propio suelo. En él se aprecian unas finas letras de color gris que rezan: CAFÉ PONT.

Este debe de ser el lugar.

Aunque estoy impresionado por mi buena memoria y mi agudísima intuición, ahora debo decidir qué hacer a continuación.

La puerta tiene un pomo giratorio, pero es demasiado pesada como para que la pueda abrir. Si al menos fuera corredera, podría encontrar la manera de entrar, pero, para los gatos, este tipo de puertas son un verdadero quebradero de cabeza.

Aguzo el oído y trato de escuchar qué ocurre den-

tro del café. Por suerte, mi oído es sumamente excepcional. La capacidad auditiva de un gato es varias veces superior a la de un humano.

Sin embargo, dentro del café no se oye a nadie,
solo el repiqueteo esporádico de los platos y la cubertería al recogerse. Me da la impresión de que
dentro solo hay una persona. Miro a mi alrededor,
pero no hay ni un alma cerca. Por mucho que me
quede esperando, no parece que nadie vaya a entrar o salir.

Mi única alternativa es maullar.

—¡Miau!

Al principio mi tono es flojito, pero luego lo hago
con ganas, abriendo la boca de par en par:

—¡Miauuuu!

Se oye un golpecito en el interior y, de pronto, la
puerta se abre con un fuerte crujido. Una mujer
vestida de blanco se asoma.

Es mayor que Michiru, pero más joven que mamá.
Debe de tener unos treinta o cuarenta años. Su larga melena, recogida en una coleta, se agita como
la cola de un perro mientras echa un vistazo a su
alrededor, hasta que al final baja la mirada, y, por
fin, repara en mi presencia.

—¡Vaya!

Cuando nuestras miradas se cruzan, me sonríe.

Comprendo el lenguaje humano, pero a ellos no
les es tan fácil interpretar el nuestro. Sin embargo, lo intento.

–Estoy aquí por el anuncio de trabajo.

Y ella me entiende al instante.

–Así que eres el nuevo. ¡Pasa! –dice mientras me invita a entrar en el café.

La observo fijamente. ¿Quién o qué es?

–¿Qué ocurre? No pensarás que soy un monstruo o algo parecido, ¿no? No soy ni un monstruo ni un fantasma. Soy una persona de carne y hueso, mira.

Se sube el dobladillo del vestido y me enseña las piernas.

–¿Ves? Tengo piernas y todo.

–Pero ¿por qué…?

–¿Por qué puedo entender lo que dices? Actúo como un puente entre el mundo humano y el más allá. Si no pudiera comunicarme con los gatos que trabajan aquí, no podría desempeñar mi tarea –responde, encogiéndose de hombros.

–Entonces, ¿en qué mundo se encuentra este café?

–¿Te refieres a si estamos en el mundo humano o en el más allá? Desde tu perspectiva está en el más allá, pero… Ah, es complicado –dice, atusándose la coleta y frunciendo el ceño–. En realidad, está en el mundo humano. Los clientes también vienen de ahí.

Se refiere al mundo humano, al mismo al que yo pertenecía hasta hace poco. Aun así, sigo estando algo confuso.

–Oye, tengo una sugerencia –digo alzando la cola y los bigotes.

—¿De qué se trata?

—Puesto que lo de «mundo humano» no es del todo cierto, ya que ahí viven muchas más criaturas, como los gatos, por poner un caso, ¿por qué no lo llamamos de otro modo? Por ejemplo, podríamos llamarlos «primer mundo» y «segundo mundo», ya que se pasa primero por uno y después por el otro.

He llegado a este mundo después de haber pasado toda mi vida en el mundo humano. La idea de ponerle un determinante numeral me gusta porque da sensación de progreso.

—Bueno… —responde la mujer, sin parecer muy convencida. Piensa un poco y añade—: ¿Qué te parece esto? Al más allá lo llamamos «azul» o «mundo azul». Y al mundo humano, «verde» o «mundo verde».

El azul es el color del cielo y del mar. El verde es el color de la tierra y del bosque, los tonos de una estación resplandeciente.

—Me parece bien —asiento enérgicamente.

—Soy Nijiko, la dueña de este café. Me dedico a escuchar los deseos del mundo hu…, digo, del mundo verde, y encargo a los gatos del más…, perdón, del mundo azul, que los cumplan. Podría decirse que soy una especie de intermediaria, casi como una alcahueta.

No entiendo muy bien por qué compara su labor con la de una alcahueta, pero lo que sí me queda claro es que nosotros, los trabajadores, tenemos que seguir sus órdenes.

—Yo soy Fūta, encantado. —La saludo educadamente, pues nos acabamos de conocer. Pero hay algo más que necesito confirmar—. ¿Es verdad lo de la recompensa?

Es el motivo principal por el que me decidí a venir tras leer la oferta de trabajo.

—Por supuesto. Si logras completar cinco trabajos con éxito, podrás visitar a una persona del mundo verde sin tener que esperar los siete meses reglamentarios. Hay gatos que lo han conseguido en tan solo cuatro meses, así que espero que te esfuerces mucho, Fūta.

No necesito que Nijiko me anime.

—Claro que lo haré.

—Pero también hay gatos que se toman las cosas con calma y llegan a los siete meses sin haber completado los cinco trabajos —me avisa.

Si ese fuese mi caso, elegir este trabajo habría sido una completa y total pérdida de tiempo.

De pronto, me embarga la emoción y, de un solo salto, me subo a una estantería muy alta.

—¡En ese caso, dame mucho trabajo!

—Debes ser cuidadoso cuando intentes llevar a cabo cada uno de tus trabajos. Si no lo haces bien, no contarán —dice mientras observa cómo coloco las patas perfectamente alineadas sobre la estantería.

Da la impresión de ser bastante estricta.

Sin pedirme que me baje, Nijiko empieza a contarme los detalles del trabajo.

Desde la estantería puedo ver todo el café.

Hay tres mesas para uso de los clientes, cada una con dos sillas tapizadas. La tela parece rugosa, ideal para afilarse las uñas. El interior es bastante espacioso, más o menos del mismo tamaño que el salón y el comedor de la casa de Michiru, donde solíamos ver la televisión. En la pared opuesta a la estantería, hay una chimenea con repisa de ladrillo, igualita a las de los cuentos de hadas. Sobre ella descansan objetos decorativos procedentes de países exóticos.

La cocina, sin embargo, es mucho más pequeña que la de casa de Michiru. Hay un hornillo y un fregadero, colocados uno al lado del otro, y un carrito con ruedas que parece que sirve tanto de despensa como de encimera. Incluso la nevera se me queda corta, pues estaba acostumbrado a la de Michiru. Aquella tenía siete cajones y era tan alta que llegaba al techo –yo, por supuesto, podía subir hasta lo más alto sin problemas–, pero esta solo tiene dos y apenas le llega a Nijiko a la cintura.

Supuestamente es un café, pero no creo que puedas tomar muchas cosas aquí.

Papá y mamá eran muy buenos cocinando. A mamá le bastaba con echarle un vistazo rápido a la nevera para tener lista una comida de varios platos y, los fines de semana, papá se metía en la cocina a media mañana y preparaba platos extranjeros tan especiales como *rillette* o confit. En días como esos, mamá y papá abrían una botella de vino y, aunque Michiru se bebía un refresco y yo agua, eran momentos de plena tranquilidad y felicidad.

Observo el fuego de la chimenea mientras recuerdo estos pequeños instantes. Es la voz de Nijiko lo que me devuelve a la realidad.

—Oye, ¿me estás escuchando?

Me he quedado medio dormido, seguramente por estar pensando en el vino.

—Mira, este es el buzón.

Alza una caja que está sobre el aparador que separa la cocina del resto del café.

Aunque en el mundo verde sea principios de verano, todo gato que se precie sabe que un sitio calentito es un lugar feliz, sin importar la época del año que sea. Además, para nosotros, incluso en pleno verano, las noches se vuelven frías a un nivel que los humanos son incapaces de concebir. Por eso los gatos domésticos nos subimos al regazo o nos acurrucamos sobre el pecho de nuestros dueños, para calentarnos.

La parte alta de la estantería es un buen lugar para que te llegue el aire caliente de la chimenea, pero, aunque me encantaría quedarme disfrutando de esta agradable calidez, si sigo aquí voy a acabar cediendo al sueño. Salto al suelo.

Según la explicación de Nijiko, este es un lugar

en el que puedes encontrarte con las personas a las que deseas ver. El sistema es muy simple. El cliente escribe el nombre de la persona con la que quiere encontrarse y lo introduce en el buzón sobre el aparador. Después Nijiko elige una de las peticiones y es entonces cuando nosotros, los gatos mensajeros, entramos en acción. Nuestro trabajo consiste en buscar a esas personas y propiciar el encuentro.

–Pero, en realidad, no traemos a la persona de vuelta. Porque si se trata de un difunto, es decir, alguien del mundo azul, tendríamos que resucitarlo y eso no está dentro de nuestra jurisdicción –dice Nijiko.

Al parecer, en el mundo azul hay quienes se encargan de ese tipo de trabajos. En lugar de sentirme impresionado, me lamo el hocico con la lengua.

–Y, entonces, ¿cómo dais pie a que se lleven a cabo esos encuentros?

Abro un poco la boca y muestro un instante los colmillos superiores. Es una pequeña amenaza. A pesar de mi bravata, Nijiko no parece asustada, sino más bien exasperada.

–Escuchamos atentamente lo que el cliente desea decir y traemos solo el alma de la persona junto a un mensaje. Luego hacemos que esas palabras se transmitan a través de un tercero.

–Eso es… como el monte Osore, donde cuenta la leyenda que se encuentran las puertas del inframundo.

Me viene a la cabeza un recuerdo un pelín desdibujado. Cuando Michiru acababa de empezar el instituto, corría un rumor por su escuela. Se decía que, si uno iba al monte Osore, el alma de los difuntos podía entrar en tu cuerpo y hablar a través de ti.

—¿Te refieres a las *itako*? —pregunta Nijiko, enarcando una ceja.

—¡Sí, eso! Viene a ser lo mismo, ¿no?

Antes pensaba que la palabra *itako* tenía algo que ver con los tacos, pero resulta que se refiere a un grupo de mujeres que se dedica a transmitir los mensajes de los muertos cerca del monte Osore, en el noroeste de Japón.

—Las *itako* y los gatos mensajeros no se parecen en nada. Los gatos mensajeros se encuentran de verdad con la persona en cuestión. Ponen mucho esfuerzo y empeño en conectar a ambas partes. Aunque, la verdad sea dicha, no sé cómo se comunican las *itako* con los muertos —dice Nijiko, encogiéndose de hombros y guiñándome un ojo.

Mientras observo el brillo de su mirada, de repente me sobreviene un gran estornudo.

—Sea como sea, lo primero es practicar. Solo con el tiempo aprenderás.

Es cierto, no tiene sentido preocuparse por lo que aún no ha sucedido. Los humanos a veces tienden a eso. Personalmente, creo que deberían aprender de nosotros, los gatos, que vivimos adaptándonos con flexibilidad a cada momento.

Para dar a entender que lo he captado todo, arqueo el lomo y extiendo las patas traseras y delanteras.

Nijiko me enseña una fina hoja de papel.

—Esta es la lista de los empleados. Ya he escrito tu nombre.

Los nombres de los gatos mensajeros que trabajan en el café están puestos en fila, pero parece que solo unos pocos están realmente en activo. Al lado de cada nombre hay estampados varios sellos con forma de huellas.

—Cada vez que completes un trabajo con éxito, obtendrás uno de estos sellos —dice Nijiko mientras coloca con un clip la hoja en un portapapeles que está al lado del aparador.

Cuando consiga cinco de esos sellos obtendré mi recompensa.

Al ver el portapapeles tan cerca, me embarga la emoción. Tengo ganas de corretear por toda la tienda para celebrarlo, pero soy consciente de que hay un montón de objetos de apariencia frágil y creo que será mejor que me ahorre problemas.

—Bueno, a partir de hoy cuento contigo como gato mensajero.

Aunque solo he venido para la entrevista, Nijiko me ofrece un aperitivo. Es una de esas golosinas líquidas, de las que van en un sobre alargado y que tanto me gustan.

Al final, ha resultado ser una mujer muy agradable. Me sorprende la facilidad con la que me ha ganado.

Cuando salgo del café, la luna llena brilla en el firmamento. Desde que estoy en este mundo, la luna me parece muchísimo más bonita. Ojalá Michiru y yo estemos viendo a la vez el cielo... Con ese pensamiento, vuelvo por donde he venido: un estrecho callejón lo suficientemente ancho como para que quepa un gato.

5

No hay un horario fijo ni días específicos para trabajar como gato mensajero. Al parecer, uno puede ir al Café Pont siempre que se sienta con ganas.

Sin embargo, durante el horario de apertura, de diez de la mañana a cinco de la tarde, los gatos no tenemos permitida la entrada para que los clientes no se sorprendan si nos ven deambulando por el interior.

Nijiko ha dejado bien claro que su negocio no es una cafetería de gatos.

Como la mayoría de mis congéneres, soy más bien nocturno y normalmente duermo hasta pasado el mediodía, por lo que hoy tampoco me he sentido con ganas de salir a patrullar hasta bien entrada la tarde.

Cuando llego al Café Pont, Nijiko está a punto de colgar el cartel de CERRADO.

–Hola.

–¡Oh, Fūta! Bienvenido. Si que has venido pronto.

–Sí, es que quiero empezar lo antes posible.

Trato de sonar como un novato entusiasmado por su primer día de trabajo, pero la verdad es que en este mundo no tengo a nadie con quien jugar y, si no me muevo, se me entumece el cuerpo. Lo cierto es que subir y bajar las colinas es un buen ejercicio.

–Justo iba a abrir el buzón. ¿Le echamos un vistazo juntos?

Entro con ella al café.

Nijiko se coloca detrás del buzón, inserta una llave de aspecto antiguo en la cerradura y, con un sonoro clic, lo abre.

Al asomarme al buzón veo que hay unas veinte tarjetas del tamaño de una postal. En el reverso se encuentra escrito el nombre de quien las ha enviado y, en el anverso, el nombre de la persona a la que desean ver. Algunas tarjetas son más elaboradas, con mensajes tan largos que parecen una carta, y unas cuantas incluso están decoradas con dibujitos y pegatinas.

Nijiko revisa ambos lados y las clasifica con pericia.

–Esta, por ejemplo, queda descartada –dice.

Me muestra el anverso de la tarjeta. Lleva escrito el nombre de un miembro de un grupo de bailarines tan famoso que hasta a mí me suena.

–¿Por qué?

Me parece normal que alguien quiera conocer a uno de sus ídolos.

–Lidiar con famosos es un auténtico lío. Hay que gestionar los derechos de imagen y negociar con las agencias que los representan.

Evidentemente, en este café está estrictamente prohibido divulgar información relativa a los encuentros. Si algo llegara a filtrarse causaría muchos problemas…

–Y luego están estas –dice, mostrándome una tarjeta en la que aparece el dibujo de un daimio conocido por su implicación en las batallas del periodo Sengoku. Es tan detallado que parece una fotografía–. También sería problemático que una figura histórica dijera algo que contradijera los hechos ya establecidos.

Tiene sentido. Nijiko se detiene en una de las tarjetas y examina la caligrafía cuidadosamente. Después me la enseña y pregunta:

–¿Te apetece probar con esta?

Está escrita con bolígrafo y la caligrafía, de trazo fino, denota un estilo maduro. En el centro de la tarjeta, con letras ni muy grandes ni muy pequeñas, está escrito lo siguiente:

Quiero ver a mi difunto padre.

En la otra cara está el nombre de la clienta: Yuzu Minami.

–¡Oh!

Aunque estoy muy emocionado al enfrentarme a

mi primer trabajo, no tengo ni idea de por dónde empezar ni de cómo podría buscar a alguien con tan poca información al alcance. Los bigotes se me mueven con tanto nerviosismo que Nijiko me ofrece su ayuda.

–Si no me equivoco, esta tarjeta es de hoy mismo. Han venido dos mujeres al mediodía: la primera tendría unos cuarenta años y la otra era algo más joven –comenta Nijiko con los ojos cerrados, intentando recordar–. Una ha felicitado a Yuzu por haber terminado su libro y ha añadido que ahora solo faltaba esperar a que estuviera disponible en las librerías. Esta le ha dado las gracias y le ha dicho que no lo habría conseguido sin su apoyo, que no podía creerse que sus ilustraciones hubieran ganado un premio y que ahora se hubiesen convertido en un libro. Yuzu era la mayor de las dos y vestía una blusa clara con bordados. La otra mujer, Isobe, lucía un traje gris muy formal. No me ha dado la impresión de que fueran simples compañeras de trabajo, así que, tras escuchar un poco más de su conversación, he descubierto que Isobe es en realidad la editora de Yuzu.

Nijiko me cuenta que Yuzu ha pedido un té con leche de soja e Isobe, un café. Aparentemente, en este café el té con leche se prepara hirviendo primero la leche junto a las hojas de té en una pequeña olla, lo que le da un sabor más pronunciado. Seguidamente, continúa con el relato.

–Isobe ha preguntado sobre la exposición de las ilustraciones originales y Yuzu ha comentado que la enmarcación ya estaba terminada, pero que aún quedaban un montón de pequeños detalles que requerían mucho trabajo, como imprimir las etiquetas de los títulos o crear las fichas de cada obra. Isobe la ha tranquilizado diciéndole que todavía faltaba una semana y que se pasaría por la galería el día de la inauguración para ayudar. Yuzu se lo ha agradecido de corazón. La editora no sabía exactamente dónde iba a tener lugar la exposición, así que Yuzu le ha indicado que sería cerca de la estación de Isuzu, en la calle comercial que se encuentra justo enfrente. La galería está en el segundo piso de una tienda de dulces típicos, a mitad de la calle, a solo dos o tres minutos a pie desde la estación. Después, se han quedado una hora más en el café charlando.

Nijiko termina la narración y añade, tocando con el dedo la tarjeta:

–Y esta es la tarjeta que Yuzu ha dejado en el buzón antes de irse.

Al lado del viejo buzón de madera, que no es más que una simple caja cuadrada con un agujerito, hay un papel amarillento que reza lo siguiente: ¿A QUIÉN TE GUSTARÍA VER?

Las letras, escritas con rotulador, son difíciles de leer. El trazo es tan retorcido que me recuerda a un gusano…Al pensar en ellos, estiro sin querer una de las patas delanteras y le doy a un jarrón que tengo cerca.

Por suerte no se cae. ¡Menos mal! Me estremezco solo de pensar en el agua derramándose y mojándome… y, aunque no me ha caído ni una gota, me noto agitado. Me encojo y me lamo la barriga a conciencia hasta que me siento mejor.

–¿Te ha quedado más o menos claro? –pregunta Nijiko.

–En resumen: la clienta es Yuzu, una artista que pronto presentará una exposición en una galería.

Pero ¡qué listo soy! Me entran ganas de aplaudirme.

–Eso es –dice Nijiko sin un ápice de asombro.

Continúo hablando sin perder un instante:

–Y le gustaría que su difunto padre pudiera ver la exposición, ¿a que sí?

Estoy tan entusiasmado que alzo la cola sin querer.

–Eso ha dicho, sí.

¡Es lo primero que tendría que haberme dicho! Le muestro mis colmillos en señal de indignación. Tras esto, Nijiko me cuenta lo último que escuchó de la conversación entre Yuzu e Isobe.

–Ha ocurrido delante de la caja registradora. Isobe ha pagado la cuenta, ya que la reunión era motivo de trabajo y por lo tanto corre a cargo de la empresa, y Yuzu se lo ha agradecido con una pequeña reverencia. Ha sido en ese momento cuando se ha fijado en la caja y me ha preguntado para qué servía. Yo le he explicado que era un buzón, y que, si escribía en una tarjeta el nombre de una persona a la que querría ver, existiría la posibilidad de que su deseo se cumpliera. También le he aclarado que si así fuera, esa persona podría venir a su encuentro con una apariencia distinta y que no tendría forma de confirmar su identidad.

–¡Eh! Un segundo –interrumpo a Nijiko rápidamente–. Si se presentan con una apariencia diferente y no pueden decir su nombre, ¿cómo van a saber que son realmente las personas que quieren ver? ¿Se lo debemos decir de antemano?

Nijiko niega con la cabeza.

–En absoluto. Debemos confiar en que, si uno se toma en serio el asunto, sabrá escoger sabiamente las palabras que desea transmitirle a la otra persona. Y, si esta no lo entiende, quedará claro que, o bien el destinatario es obtuso o que el mensaje no ha sido el adecuado. En cualquier caso, eso significará que el encuentro no merecía la pena. –Resopla ligeramente.

–Y lo de escoger las palabras, ¿es tu tarea, Nijiko?

Siento un poco de alivio cuando levanta un dedo y lo mueve de izquierda a derecha, pero entonces...

–Ese trabajo os corresponde a vosotros, los gatos mensajeros. Sois quienes os encontráis realmente con la persona en cuestión, así que ¿quién mejor que vosotros para captar y traer las palabras elegidas?

Aunque haya hecho una pregunta, no hay respuesta posible.

–Entonces, a ver que me aclare… –Trato de controlar los nervios y continúo–: De nosotros depende transmitir correctamente el mensaje y, si lo hacemos mal, el cliente no sentirá que se ha reencontrado con la persona a la que quería ver.

Es una carga tan pesada que mi cuerpo comienza a temblar. Nijiko me dedica una sonrisa amplia y asiente con la cabeza.

–Después de explicarles las normas, a Isobe le han empezado a brillar los ojos y ha sugerido que, ya que estaban aquí, debían escribir una tarjeta. Así, las dos han vuelto a su mesa y se han puesto a ello. Aunque la idea ha sido de Isobe, me ha dado la impresión de que no sabía qué escribir. Sin embargo, Yuzu lo ha tenido claro desde el primer momento. Al terminar, se han enseñado mutuamente las tarjetas. A Isobe le ha parecido preciosa la de Yuzu y ha comentado que sería maravilloso si su padre pudiera ver la exposición. –Nijiko hace una pausa y añade–: Por cierto, esta es la tarjeta de Isobe, la editora.

Me muestra una tarjeta que, efectivamente, lleva escrito el nombre de Isobe por un lado. En el otro, en mayúsculas, leo:

Quiero conocer a mi futuro marido.

Siento un pelín de vergüenza ajena.

—¿También atiendes este tipo de solicitudes? —pregunto.

—¡Por supuesto que no! Que se busque marido ella misma —responde Nijiko tajantemente—. Tenemos muchísimo trabajo y no dispongo de tantos gatos mensajeros. Quiero cumplir los deseos de la gente que de verdad lo necesita, de aquellos que no pueden reunirse con la persona que quieren ver por mucho que lo deseen.

En ese caso, esta petición encaja perfectamente.

—Este trabajo no es para todo el mundo —recalca Nijiko con firmeza. Su voz adquiere entonces un tono más serio—. Requiere imaginación. Deberás cultivarla.

6

Empiezo a trabajar al día siguiente.

Pese a que madrugar nunca ha sido mi punto fuerte, para trabajar debo adaptarme a las horas en las que los humanos están activos…, o al menos esa es mi intención. Al final me quedo durmiendo a pata suelta hasta bien entrada la tarde.

Me levanto de un salto, pero, como las prisas no son buenas y todavía menos en este trabajo, dedico un buen rato a estirarme y a acicalarme el pelaje. Me doy cuenta de que ya casi ha anochecido y, pese a que me gusta tomarme las cosas con calma, salgo corriendo a toda velocidad.

Atravieso el tercer callejón, el estrecho, y llego hasta el Café Pont. Pienso en saludar a Nijiko, pero estoy seguro de que si se entera de que empiezo a trabajar a estas horas me dará una reprimenda. Y sé que eso afectaría a mi rendimiento. No quiero estar de mal humor, así que me alejo de puntillas.

Un poco más abajo está la entrada al mundo verde.

Yo me la había imaginado como una especie de pendiente, pero es, en realidad, un puente muy largo.

La entrada está custodiada por un guardia. Es un gato macho carey, de pelaje café y negro. A pesar de ser un mero trabajador, me mira, serio.

—El permiso —dice.

Qué tono tan brusco.

Le muestro el papel que me dio Nijiko ayer. Es un documento con el destino escrito y un sello con el dibujo de un gato, hecho especialmente por Nijiko.

—Hmm.

El gato carey revisa el permiso durante un buen rato.

—¿Eres uno de esos gatos mensajeros? —pregunta mientras acerca la cara a la mía, como si sospechara algo.

—¿Acaso importa si lo soy? Es mi primer día de trabajo.

Solo quería presumir un poco, pero entre machos este tipo de cuestiones siempre toman un matiz agresivo.

—Te diriges a la estación de Isuzu, ¿verdad? Adelante.

Para mi sorpresa me deja pasar.

Antes de darme cuenta estoy en la estación. No termino de comprender cómo funciona todo esto, pero probablemente existan personas pertenecientes al mundo verde y al mundo azul trabajando para que ir del uno al otro sea posible. Tenía la esperanza de ver a Michiru en el mundo verde, pero, al parecer, hay un sistema complejo que impide que pueda hacerlo.

Me reconforto pensando que, si logro completar esos cinco encuentros, podré verla.

El primer paso es investigar a la clienta. He elegido la zona frente a la estación de Isuzu porque no se me ocurría otro sitio donde ir. Hay una galería de arte cercana, en la que tendrá lugar la exposición de Yuzu durante los próximos días. Ahora mismo debe de estar ocupada con los preparativos. Eso es todo lo que sé.

Recuerdo las palabras de Nijiko respecto a «cultivar la imaginación» y muevo la cabeza de un lado a otro mientras camino por la calle. Veo a un gato acurrucado despreocupadamente en una esquina, pero pertenece al otro mundo. Mira en mi dirección, pero no reacciona. Conque así son las cosas...

A la vista tengo una panadería, una verdulería y una farmacia. Esta es una calle comercial, como cualquier otra. Los transeúntes avanzan a paso acelerado, salen del trabajo para volver a sus casas. Un aroma delicioso me cautiva y lo sigo hasta llegar un escaparate con pescado fresco. Aún falta mucho para que reciba mi salario, así que no puedo permitirme este capricho y, resignado, me apresuro a seguir buscando.

Por el camino me enfrento a varias tentaciones, como un cartel que se agita con el viento o el sonido del celofán al envolver los ramos de una floristería. Finalmente, llego a la tienda de dulces.

Es una tienda antigua, con un escaparate lleno de dulces típicos japoneses como *ohagi, mitarashi dango* y *manjū*. En la puerta de cristal hay un cartel que reza INFORMACIÓN SOBRE LA GALERÍA y otro que informa sobre la exposición.

¡Es aquí!

Se trata de un edificio viejo de tres pisos. La galería está en el segundo piso, pero se accede por una escalera desde la tienda de dulces. Parece ser que existe también una escalera exterior, junto al edificio, que lleva directamente a la entrada trasera de la segunda planta.

Subo corriendo por la segunda y me fijo en que la puerta trasera está entreabierta. Al asomarme por la rendija veo una sala blanca, completamente vacía. No hay absolutamente nada en las paredes ni en el suelo.

¿No hay nadie?

Justo cuando me dispongo a entrar sigilosamente en este nuevo espacio, escucho que alguien está subiendo por la escalera. Me escondo rápidamente al final del rellano.

Una mujer menuda que carga con ambas manos unas bolsas de papel de aspecto pesado pasa junto a mí y entra por la puerta. Otra mujer la saluda desde dentro. ¡Y yo que pensaba que la sala estaba vacía! Debe de haber entrado por la escalera principal.

Mis oídos son capaces de captar incluso los sonidos más lejanos. Siempre había pensado que eso era gracias a que mis orejas son especialmente puntiagudas, pero parece ser que cualquier gato, incluso aquellos con las orejas caídas, pueden hacer lo mismo. Aguzo el oído y espío la conversación.

–Gracias por ayudarme con esto.

Oigo cómo deja caer las bolsas, que golpean el suelo con fuerza.

–Señora Minami, la estaba esperando.

La mujer que ha subido por la escalera exterior es Yuzu Minami, la clienta. La otra probablemente tenga relación con la galería.

–La inauguración es pasado mañana, pero, como me dio la posibilidad de hacerlo, he decidido traer hoy algunas cosas.

¡Así que la inauguración es de aquí a dos días! Ese mismo día, Isobe, la editora, vendrá a echar una mano.

–No ha sido ninguna molestia. La última exposición finalizó el lunes, así que pensé que estaría bien comenzar a preparar algunas cosas con tiempo. Por eso me puse en contacto con usted.

Me acerco con cautela a la rendija de la puerta trasera. La mujer que acaba de hablar tiene el cabello grisáceo y recogido en un moño que parece un *dango*. Debe de ser la encargada de la galería. Yuzu le sonríe discretamente. Pensaba que una persona que va a exponer sus obras de arte en una galería mostraría una personalidad más artística y extravagante, pero la mujer que tengo delante parece ser más bien del tipo reservado.

—Muchas gracias. Es mi primera exposición, así que no tengo ni idea de cómo funcionan las cosas. Intentaré no ser mucha molestia —responde Yuzu sin mirarla a los ojos.

Imagino que está nerviosa, pero al ver tanta timidez siento ganas de entrar en la sala y gritarle: «¡Ten más confianza en ti misma!».

Parece que ahora hablarán de la exposición y empezarán a preparar algunas cosas, así que me retiro de nuevo al rellano y hago tiempo. Pienso en Yuzu. Camina encorvada, de modo que parece más baja de lo que realmente es. Cuando los humanos se mueven así me recuerdan al arco de la columna de un gato, pero ni siquiera nosotros tenemos esta postura todo el rato. Aprovecho que no me ve nadie para tumbarme y estirarme por completo.

Cuando oigo el sonido de la puerta trasera, levanto la cabeza. Estaba tan cómodo en este rincón que me he quedado dormido sin querer, pero me incorporo rápidamente y sacudo todo el cuerpo para espabilarme. Después bajo las escaleras siguiendo a Yuzu, que sale a la calle y se dirige hacia la estación. Me pregunto si subirá a un tren.

Nijiko me dijo que podía utilizar el tren si era necesario para el trabajo, pero también me advirtió de que sería un problema si los pasajeros se fijasen en mí, ya que podrían tratar de acariciarme o sacarme fotos. Además, si tengo la mala pata de encontrarme con un grupo de niños, no tendré manera de escapar.

Si hay un gato en un tren, es casi seguro que se trata de un gato mensajero, por lo que lo mejor es fingir que no lo ves y dejarlo trabajar en paz.

Estoy de los nervios porque nunca he viajado en tren. Justo cuando Yuzu va a pasar por el torno, le suena el móvil.

—¿Yuzu?

Aguzo el oído. Escuchar las dos partes de una llamada es una tarea fácil para mí. La interlocutora es una mujer mayor.

—¿Mamá? ¿Qué pasa?

Yuzu suspira, da media vuelta y sale de la estación. Camina siguiendo las vías. Al parecer ha decidido volver a casa a pie y no en tren. Supongo que es porque las conversaciones con su madre tienden a alargarse.

—Quería hablarte de lo que vamos a hacer para el aniversario del fallecimiento de tu padre.

Estaba distraído con unas flores que brotan del bordillo, pero al oír la palabra «padre» mis bigotes se ponen en alerta. ¡Esa es la persona a la que Yuzu quiere volver a ver!

—Sí. Es en noviembre, ¿no?

¡Faltan cinco meses para noviembre! A las madres les gusta planificar las cosas con demasiada antelación.

–Quiero tenerlo todo preparado con tiempo. ¿Podrías venir el día de antes? Tu hermano y su familia vendrán el mismo día porque Kinako tiene clase.

–No sé si tengo algo ese día, pero intentaré estar allí.

–Gracias.

Tras esta respuesta, la madre parece relajarse y su tono de voz se vuelve más tranquilo.

–Esta vez quiero que seamos solo la familia más íntima, sin invitar a todos los parientes –continúa–. Después de la ceremonia había pensado que podríamos comer en un hotel con restaurante. Lo he estado mirando y tienen un *bento* especial para este tipo de ocasiones.

–Me parece bien. ¿Quieres que haga yo la reserva?

–No te preocupes, ya me encargo yo. El dueño era amigo de tu padre, así que se lo pediré como un favor.

Hay una pausa en la conversación. Yuzu abre la boca, parece decidida.

–Por cierto…

–¿Sí? ¿Qué ocurre? –La voz de la madre bulle de emoción, como si estuviera esperando algo.

–Voy a publicar un libro ilustrado. He ganado un premio.

–¿Ah, sí? Enhorabuena.

A pesar de sus palabras, no parece muy entusiasmada. Toda la emoción que había en su tono de voz se ha desvanecido por completo.

–Perdona, pensaba que tal vez habías encontrado a alguien especial y me había hecho ilusiones. Supongo que estaba equivocada.

–Eso no va a pasar –responde Yuzu secamente.

–No seas derrotista. Mira, yo estuve con tu padre durante casi cincuenta años y fui muy feliz. El trabajo está bien, pero también tienes que pensar en estas cosas. Estoy segura de que tu padre está muy preocupado por ti esté donde esté.

Me da la impresión de que Yuzu no escucha la mayor parte de lo que le dice su madre, ya que se aleja el móvil del oído y sigue caminando.

Al terminar la llamada, Yuzu lanza bruscamente el móvil dentro del bolso, como si quisiera alejarse de la voz de su madre. Acelera el paso.

Tras caminar durante unos treinta minutos, llegamos a un bloque de edificios de tres plantas. Espero pacientemente fuera y me fijo en que se enciende una luz en la segunda habitación de la derecha del primer piso. Imagino que es ahí donde vive. Me subo de un salto a un seto para poder ver su habitación a través de las cortinas. Se ha tumbado en la cama sin cambiarse de ropa. Debe de estar agotada.

Supongo que hasta aquí llega la investigación de hoy.

Pero, justo cuando voy a irme, me percato de que Yuzu se ha levantado de la cama. Se acerca al armario y saca un sobre abultado del tamaño de un folio y de aspecto amarillento. Lo observa durante un rato, pero finalmente lo vuelve a guardar sin siquiera abrirlo.

Vaya…

7

Al día siguiente voy al Café Pont para redactar un informe con mis avances. Es importante hacerlo cuando la información todavía está fresca para evitar que se nos olviden los detalles.

–Ahora me gustaría ir a ver al padre. ¿Cómo puedo encontrarlo?

Nijiko, que está fregando los platos mientras me escucha, alza la cabeza.

–Bueno, el padre está en el más allá, en el mundo azul, ¿no? Así que solo necesitamos su nombre para saber dónde está.

–¿Solo el nombre?

–Sí, su nombre del mundo azul –confirma.

Según Nijiko, cuando alguien fallece recibe un nombre nuevo en el mundo azul. Con él se puede averiguar fácilmente dónde vive, sus gustos y otros detalles. Sin embargo, desconozco cuál es. De hecho, ni siquiera sé cuál era su nombre en el mundo verde. Entonces Nijiko añade:

–Lo puedo buscar. Se apellidaba Minami, ¿no?

Solo nos hace falta saber el año y la fecha aproximada de la defunción.

Después, saca un ordenador portátil que desentona muchísimo con el resto de la tienda. A pesar de haber escrito mi permiso de salida a mano, parece que no está del todo cerrada a la tecnología. Me muestra una especie de registro de residentes en el que se pueden realizar búsquedas.

De pronto recuerdo la conversación que escuché ayer.

—La madre dijo que iban a celebrar el aniversario del fallecimiento del padre.

—Ese tipo de conmemoraciones budistas se celebran a los tres, siete o trece años de la defunción de un pariente.

—No mencionó cuántos años habían pasado, pero sí que dijo que sería un evento solo para la familia cercana y que irían a comer a un hotel. Fue muy clara al respecto.

—¿Solo con la familia cercana? Entonces quizá no sea el tercer aniversario.

Aunque no sea un evento tan grande como un funeral, a la ceremonia del tercer aniversario suelen asistir muchos parientes, por lo que es más probable que se trate del séptimo o el decimotercer aniversario. También podría ser un año diferente, pero, por el tono de la conversación, no parecía que hubiese pasado mucho tiempo.

De hecho, ahora que lo pienso, la madre mencionó que había estado casada cincuenta años y, si tenemos en cuenta la edad de Yuzu, parece razonable que celebren el séptimo aniversario.

Informo de mi conclusión a Nijiko.

–Bueno, veamos si tienes razón. –Teclea rápidamente en el ordenador–. ¡Ajá! Tiene que ser este: Sōichi Minami, fallecido a los setenta y dos años.

Aun así, Nijiko prefiere asegurarse y busca también otras posibilidades.

–No encuentro a nadie más con ese apellido y que tenga una edad parecida.

Menos mal que Minami es un apellido poco común...

Escribimos el nuevo nombre del padre de Yuzu.

–Qué nombre más largo –digo, mirando la hoja.

–Los tres primeros caracteres indican la dirección.

Según Nijiko, el nombre completo del mundo azul proporciona mucha información, como por ejemplo los logros en vida y los gustos de la persona. Así que, aunque sea larguísimo, tiene sentido. Para dar a entender que me parece razonable, ronroneo.

–Toma, un aperitivo.

No estaba rogando comida, pero si me la ofrece no la voy a rechazar, por lo que salgo del Café Pont con tres sardinillas secas en la boca.

8

Llego a mi destino tras subir tres colinas, bajar otras dos y volver a subir una.

Es una zona residencial conformada por casas elegantes, una detrás de otra, como si formaran una ciudad. Da la impresión de ser una comunidad abierta, con gente pululando de aquí para allá mientras llevan a cabo sus actividades diarias. Este ambiente tan tranquilo es diferente al lugar en el que nos hospedamos los nuevos residentes del mundo azul.

—Disculpe… —me dirijo a un hombre sentado en un banco.

Parece que está escribiendo un poema o un haiku.

—¡Anda! ¿Eres un gato mensajero?

—Sí.

—¿Por casualidad no me estarás buscando a mí? —pregunta con los ojos centelleantes.

—Mmm… ¿cómo se llama?

No es el padre de Yuzu.

—Vaya. Pensé que quizá mi mujer había pedido un gato mensajero porque quería verme.

La situación comienza a incomodarme.

–Pero, si ya has terminado tu periodo de aclimatación, ¿no puedes ir a verla cuando quieras?

No estoy muy seguro de cómo funcionan este tipo de cosas para los humanos, pero creo que es algo así.

–Bueno, en teoría sí, pero solo si tienes una buena razón para ir al otro mundo. Hay que mantener el equilibrio, ¿no?

Parece que no estaban de broma cuando me dijeron que el equilibrio del mundo podría alterarse si no éramos responsables.

–Puedo cruzar sin problemas durante el festival Obon, pero en otro momento es muy complicado. Si me llegase una petición de un gato mensajero podría ir en un abrir y cerrar de ojos, por eso estoy esperando…

Los gatos mensajeros solo podemos actuar si recibimos antes una solicitud del mundo verde. Es decir, que todo depende de si alguien de ese mundo desea ver a este hombre o no. Me siento mal por él, que parece muy alicaído, pero tengo trabajo que hacer.

–Estoy buscando a este hombre –digo, enseñándole el papel donde Nijiko ha escrito el nombre.

–Es él, el que lleva una cámara al cuello –señala a un hombre alto y delgado vestido con unos vaqueros–. Todos los que vivimos por aquí tenemos una vena artística, pero él es un caso especial.

En este mundo, el aspecto físico no parece estar determinado por la edad del fallecimiento, sino por elección o preferencia de la persona. El padre de Yuzu falleció a los setenta años, pero el hombre de la cámara aparenta tener unos cuarenta. De hecho, desde que llegué a este mundo, incluso yo tengo el apetito de cuando era más joven y me brilla más el pelo. Nadie me preguntó qué aspecto prefería, así que debe de ajustarse solo.

Agradecido, me acerco al hombre meneando la cola.

—Soy Fūta, un gato mensajero. Encantado de conocerte.

—Qué cola tan espectacular —responde el hombre, mirándome con sorpresa.

Desde luego, tiene buen gusto.

—Estoy aquí por petición de tu hija Yuzu —informo.

El padre esboza una sonrisa.

—Sí… Me he mantenido más o menos al día de su vida —dice, mirando en una dirección.

Al seguir su mirada, lo entiendo. Desde donde nos encontramos se puede ver el mundo verde con claridad. Trato de buscar a Michiru, pero, aunque fuerzo la vista, no lo consigo.

Le cuento al padre de Yuzu lo que sé de la vida de su hija. Él no deja de sonreír.

—Justo iba a preparar algo de té, ¿te apetece una taza? Sé que no te gustan las bebidas calientes, así que te lo enfriaré.

Me sirve el té en un pequeño cuenco. Huele dulce y a hogar. Le doy un lametón, pero frunzo el ceño al notar el sabor amargo.

—Ah, perdón.

Le añade leche al cuenco. Ahora es un té con leche.

—Cuando Yuzu fue al café pidió un té con leche de soja —Recuerdo que Nijiko lo mencionó antes.

—Ella y yo somos muy parecidos. No solo nos gusta la misma comida y bebida, sino que, fíjate, a mí me encanta la fotografía —dice, levantando la cámara— y a ella, dibujar. Solíamos salir juntos todo el tiempo. Yo tomaba fotos y Yuzu pintaba en su cuaderno.

Entorna los ojos, lleno de nostalgia.

—Pronto presentará una exposición en una galería. Ganó un premio y va a publicar un libro ilustrado.

—Vaya…, una exposición… —Asiente con una sonrisa melancólica—. Si pudiera, me encantaría ir a verla en persona, pero no creo que sea posible. Además, tengo muchas cosas que hacer.

Tiene los mismos ojos que su hija. Si ella sonriera así, sería más encantadora.

—Dale la enhorabuena de mi parte.

Me despido con la mano hasta que desaparezco de su vista.

9

Finalmente llega el día de entregar el mensaje. El escalofrío que me recorre todo el cuerpo no es el miedo, sino la misma emoción que siente un guerrero antes de comenzar a luchar.

Primero paso a saludar a Nijiko.

—¡Hola!

Me voy tan rápido como he venido, como la chispa de un pedernal. Cuando llego al puente, veo que está de guardián el mismo gato carey del otro día.

—Eh, novatillo, ¿cómo te va?

Tan insolente como la primera vez.

—Voy a entregar un mensaje.

Empiezo a cruzar el puente.

—¡Eh!

Escucho una voz grave a mis espaldas. ¿Qué querrá? Me giro.

—Ánimo. Asegúrate de que se produce el encuentro.

Su sonrisa es sorprendentemente agradable.

—¡Por supuesto!

Alzo la cola con orgullo y cruzo el puente con paso firme.

Espero frente a la estación de Isuzu y, cuando veo salir a Yuzu por el torno, tal como sabía que haría, la sigo sin perder ni un segundo.

La exposición de Yuzu se prolonga un total de diez días. Hoy es el quinto, es decir, justo la mitad. Cuando ella entra en la galería, me quedo observando el ir y venir de la gente que entra en la tienda de dulces típicos.

Llevo el alma del padre de Yuzu sujeta con fuerza en mi cuerpo. Cuando los gatos nos emocionamos o nos sentimos amenazados, inflamos la cola y aumentamos varias veces su grosor. Normalmente es algo automático, pero también lo podemos hacer a propósito. Nijiko me enseñó que este mecanismo es perfecto para transmitir el alma de alguien cuando encontremos un recipiente adecuado para entregar el mensaje.

Hago acopio de toda mi fuerza y desplazo el alma hasta la cola. Lo he practicado un montón, así que me sale perfecto. El problema es que no encuentro a quién confiársela.

No es tan fácil hallar a la persona adecuada. Aunque hay mucha gente en la calle, la mayoría parece tener prisa o van acompañados de niños. Ninguno es apto para entregar el mensaje.

Todavía tengo tiempo...

Justo cuando estoy a punto de hacerme una bola,

oigo unos fuertes pasos detenerse frente a la tienda de dulces típicos. Es una mujer con traje. Abre la puerta de cristal y dice:

—¿Ha llegado ya Yuzu?

—Sí, está arriba —responde alguien desde dentro de la tienda.

La mujer del traje sube a la galería por la escalera del interior de la tienda. Desde donde estoy no puedo oír lo que pasa en el segundo piso, así que subo por la escalera exterior y echo un vistazo por la puerta trasera.

—Hola —dice la mujer del traje.

—¡Ah, Isobe! —responde Yuzu.

Es Isobe, la editora. Menos mal que no le transferí el alma a ella, seguro que solo hubiera complicado las cosas…

La conversación sigue.

—Me ha dicho el editor jefe que ha venido muchísima gente.

—Es gracias a vuestro apoyo. Y en especial a ti, que me has ayudado a montar la exposición —dice Yuzu, tan modesta como siempre.

—¿Lo tienes todo listo para la entrega de premios de esta noche?

—Sí. Cuando salga de aquí pasaré por casa y de ahí iré directamente a la entrega de premios.

¿De qué están hablando? ¿Va a haber una entrega de premios esta noche? ¡No tenía ni idea!

Presto más atención.

–Siento que sea durante tu exposición, pero hoy era el único día posible.

El tiempo corre y no puedo seguir retrasándolo. Tengo de rato hasta esta misma tarde.

Bajo los escalones de cinco en cinco hasta llegar a la calle. Entonces me fijo en un oficinista de unos cincuenta años que se ha detenido frente a la tienda de dulces para leer el cartel de la galería.

Bien. He tomado una decisión.

Me acerco a mi objetivo con naturalidad y me sitúo frente a él. Hago acopio de toda mi fuerza en la punta de la cola y noto que el alma se desplaza hasta la zona. En cuanto se me infla la cola, la rozo suavemente contra la pierna del hombre para transferirle el alma del padre de Yuzu, aunque sea solo temporalmente. O eso pensaba.

Justo cuando voy a tocar la pierna del hombre, un niño viene corriendo hacia mí.

Es demasiado tarde para reaccionar, así que rozo involuntariamente con la punta de la cola la pierna del niño.

He metido la pata en mi primer trabajo, ¡qué vergüenza! Y mira que Nijiko me advirtió que fuese con cuidado de no tocar a alguien por error. El alma se puede transferir tanto a personas como a objetos, razón de más para actuar con sumo cuidado. Cuando le pregunté qué sucedería si tocase, por ejemplo, una farola, Nijiko me explicó que el alma no podría comunicarse. Es una tarea muy delicada.

Todo el duro trabajo de estos últimos días se ha ido al garete. Ya me puedo ir despidiendo de mi primer sello...

Sin hacerme el menor caso, el niño grita:

—¡Mamá!

Cuando entra en la tienda de dulces. una mujer que se encuentra dentro se gira.

—Yohito, te he dicho que esperes con la abuela.

La abuela en cuestión está fuera, hablando con otra señora. El niño se dirige hacia las escaleras de la tienda.

—¡Yohito, por ahí no se puede subir! —exclama la madre.

—No se preocupe, señora. En la segunda planta hay una exposición de arte, puede subir a verla —dice amablemente la persona a cargo de la tienda de dulces.

Vaya. ¿Y ahora qué?

Subo por la escalera exterior y me quedo esperando tras la puerta trasera. Oigo la voz de Yuzu.

—¡Qué monada! Gracias por venir, espero que disfrutes de la exposición.

Yuzu mira al niño con mucho candor. Parece que Isobe ya se ha ido y no queda nadie más en la galería.

Al principio el niño parece algo cohibido, pero, según va observando los cuadros, se le iluminan los ojos. Finalmente se detiene frente a una de las obras.

—Esta me gusta —dice mientras le dedica una sonrisa a Yuzu, que lo ha estado siguiendo.

—¿Sí? Gracias. El cuadro representa un campo de flores de loto que fui a ver con mi padre de pequeña.

Yohito finge que sujeta con las manos una cámara de fotos y hace «clic», mirando al cuadro. Yuzu abre muchísimo los ojos, sorprendida. Luego baja la mirada y sonríe casi imperceptiblemente. Sus ojos, rasgados y amables, son casi idénticos a los de su padre. La artista no dice nada más y acompaña en silencio a Yohito.

El niño examina detenidamente cada obra, una por una, y, finalmente, vuelve a sonreír.

—Has hecho un buen trabajo.

Ambos están de espaldas, observando una de las obras del fondo de la galería, por lo que no soy capaz de percibir sus rostros. Lo que sí aprecio son los hombros de Yuzu, que tiemblan ligeramente.

—Gracias por venir a verlas —susurra.

—A pesar de todo lo que ha pasado, ¿no crees que ahora eres más feliz que nunca? Has encontrado tu propio camino. Es increíble.

Yuzu asiente sinceramente.

—¡Yohito, nos vamos a casa! —grita la madre desde el piso de abajo y el niño baja apresuradamente por las escaleras.

Yuzu lo ve marchar y se despide solo con la mirada. Luego se agacha y recoge algo del suelo. Sonríe ligeramente. Cuando se incorpora de nuevo, veo lo que sostiene en la mano: es una fotografía.

En ella veo un resplandeciente campo de flores de loto. Yo no la he traído hasta aquí. Tal vez haya sido cosa de otro mensajero, quizá el padre de Yuzu recibió permiso para traerla o puede que incluso se las arreglara para esconderla y regalársela en secreto. Sea como fuere, ahora mismo eso no tiene importancia.

Antes estaba preocupadísimo por cómo iba a salir el trabajo, pero he conseguido completarlo sin problemas. Podría volver directamente a casa, pero tengo ganas de quedarme a ver la entrega de premios, ya que estoy de muy buen humor por haber completado con éxito el encuentro.

Mi tarea solo consiste en entregar mensajes, por lo que cualquier incidente extra que implique a Yuzu podría desestabilizar el precario equilibrio de la Tierra. Por eso decido seguirla hasta su apartamento, sigiloso como una sombra.

Al poco tiempo, Yuzu sale del edificio ataviada con un elegante vestido. Está preciosa. El brillo de la tela me recuerda al pelaje de un gato negro y, de repente, me pregunto cómo le estará yendo a Natsuki, la gata que conocí durante la orientación inicial.

Antes de irse, Yuzu tira la basura. Entre las bolsas y los restos, veo un sobre del tamaño de un folio y de aspecto amarillento, el mismo que atisbé en su habitación hace unos días. Un soplo de viento me revela el contenido.

Es una vieja invitación de boda, de hace diez años. Quizá se canceló en el último momento.

Recuerdo lo que me contó el padre de Yuzu: «Desde pequeña ha sido increíblemente torpe. No importaba lo que hiciera, nunca le acababa de salir del todo bien. No es que no tuviera talento, pero fallaba en los momentos clave u otros se atribuían sus logros. Incluso ya de adulta, ha pasado por muchas dificultades. Así que saber que ahora ha ganado un premio y va a presentar su propia exposición me alegra muchísimo».

Al salir a la calle, veo a Yuzu coger un taxi, pero logro enterarme de a dónde se dirige.

Busco una manera de llegar hasta donde se celebra la entrega de premios. En ese momento, la puerta del taxi, que ya estaba cerrada, se vuelve a abrir. Puede que no estuviese bien cerrada, pero yo aprovecho, sin dudarlo ni un momento, para colarme en el asiento del copiloto.

Cuando llegamos al destino, aprovecho el momento en el que Yuzu paga para escabullirme. Ni ella, que iba en el asiento trasero, ni el conductor se han percatado de mi presencia. Soy el epítome de la sutileza.

—Y, ahora, un gran aplauso para la ganadora del premio, Yuzu Minami.

Yuzu recorre el escenario. Está tan deslumbrante

que les hace la competencia a los focos. Me siento orgulloso de ella. Ya no camina encorvada, sino con la espalda bien recta.

—Me honra que mi trabajo como artista haya sido galardonado de esta manera. Seguiré esforzándome en mejorar día tras día.

Entre la oleada de aplausos me fijo en el rostro de Isobe.

—¿A quién le gustaría dedicarle este premio?

El presentador le acerca el micrófono y Yuzu sonríe tímidamente.

—En primer lugar, a mi padre, que siempre me acompañó mientras hacía mis bocetos y… —Niega con la cabeza—. No, ya le he dado las gracias, así que está bien.

Y sonríe con tanta calidez como el propio Sol.

—Para ser mi primer trabajo, no ha estado nada mal, ¿no te parece?

El Café Pont ya ha cerrado por hoy. Nijiko me escucha mientras termina de limpiar. Cuando le he contado lo que ha sucedido con el alma del padre y el niño se ha echado a reír.

—Quizá este trabajo sea lo mío.

—Anda, deja de presumir y dame la pata.

Justo entonces, me agarra la pata trasera, con la que me estoy rascando el cuello, y me aprieta la almohadilla contra un papel.

Miro la única huella estampada en mi registro de trabajos completados y no puedo evitar alzar los bigotes en forma de sonrisa. De repente percibo un dulce aroma. Tardo solo un momento en reconocer de qué se trata: es el perfume de las flores de loto.

Capítulo 2

El gato mensajero
y el pastel de chocolate

1

Soy Fūta, un gato atigrado de color blanco y caramelo. Hace veinte días que dejé el mundo en el que viví diecinueve años y llegué aquí. Poco a poco me estoy acostumbrando a mi nueva vida.

Aunque el mundo del que provengo se llama comúnmente «mundo humano», pero nosotros lo llamamos «mundo verde». Verde como los árboles, las hojas y toda la naturaleza que está viva. Tiene sentido, ¿verdad? Al más allá lo llamamos «mundo azul». Como el vasto y profundo océano o el inmenso cielo. Nijiko, la dueña del Café Pont, y yo decidimos esta forma de referirnos a los mundos. Al parecer ha tenido tanto éxito que otros gatos de por aquí también han empezado a llamarlos así. Sin duda, tenemos muy buen gusto.

Para los humanos, el más allá es considerado un destino final, el fin de los días. Pero, desde que llegué aquí, me he dado cuenta de que en realidad el mundo verde es un mero lugar de tránsito antes de llegar al mundo azul. Supongo que esto es algo que solo te planteas cuando te encuentras en mi situación.

Cuando llegué a este mundo, pensé que podría pasar los días estirado y descansando, pero estaba muy equivocado. Tanto la comida como el alojamiento no tienen costes, pero si quieres algún capricho o un nuevo juguete te lo tienes que pagar de tu propio bolsillo. Si deseas algo especial, debes trabajar para poder permitírtelo. Además, hay algunos empleos que ofrecen unos incentivos especiales.

Yo conseguí, de casualidad, un trabajo en el Café Pont. Bueno, lo encontré gracias al tablón de anuncios. Pero, ojo, que conste que no soy uno de esos gatos que trabajan en una cafetería con muchos otros de su misma especie. Ni hablar. Me niego a que me estén tocando un montón de desconocidos y que me avasallen constantemente con fotos. Aun así, parece que hay muchos gatos que sí están dispuestos a desempeñar ese puesto de trabajo. De hecho, es bastante popular por aquí.

—Oye, Fūta, ¿qué tal te fue tu primer trabajo?

La gata negra que se está acicalando a conciencia es Natsuki. Yo llegué a este mundo solo tres días antes que ella. La encontré cerca de donde debíamos recibir la primera charla, la de orientación, y fue allí donde nos conocimos. Aunque solo sea por unos pocos días, soy un pelín más veterano que ella y me resultó instintivo protegerla.

—Ah, ¿mi primer trabajo? Hubo un momento en

el que pensé que había metido la pata, pero al final todo salió bien.

—¡Qué bien! Una de mis compañeras, otra gata de bruja con más experiencia, me ha dicho que tienes el trabajo al que todos aspiran.

Si continúa mirándome con esos ojos tan grandes cargados de admiración, terminaré sonrojándome.

Soy un gato mensajero. Nijiko es la que me proporciona los trabajos. Mi tarea consiste en hallar a la persona que el cliente desea ver y propiciar el encuentro. Los clientes vienen del mundo verde, el humano, así que los gatos mensajeros nos colamos allí para poder investigar.

Terminé mi primer trabajo hace muy poco tiempo. Lo que más me motiva es saber que, si completo un total de cinco con éxito, yo también tendré la posibilidad de ver a quien yo elija. No está nada mal, ¿verdad?

—¿Y tú qué tal? ¿Cómo te va en el trabajo? —pregunto a Natsuki, quien ya ha terminado de acicalarse y se está haciendo una bola.

Levanta ligeramente la cabeza.

—Bueno…, me está costando. Solo tratar de montarme en la escoba supone todo un desafío.

Dicho esto, vuelve a hundir la cabeza en el suave estómago.

Natsuki trabaja acompañando a una bruja mientras vuela sobre su escoba. Al parecer, está aprendiendo desde cero y la está entrenando otra gata.

–Poco a poco. Si volar fuera sencillo, el cielo estaría repleto de gatos.

–Me pregunto si algún día lo conseguiré… –murmura y, al momento, comienza a respirar profundamente, ya dormida.

Observo cómo sube y baja lentamente su pecho con cada respiración y, finalmente, me alejo con cuidado de no despertarla.

Con la cola bien alta me dirijo al Café Pont, es decir, a por mi siguiente trabajo.

El café se encuentra en la frontera entre el mundo verde y el mundo azul. La dueña y jefa de los gatos mensajeros es humana, pero puede comunicarse con nosotros sin ningún problema. A pesar de que el menú del café es muy sencillo y que solo está abierto de diez de la mañana a cinco de la tarde, parece que no le falta clientela.

Encima de un aparador de madera está el buzón donde los clientes deben depositar los nombres de quienes desean ver. Cada vez que echo un vistazo me sorprende la inmensa cantidad de tarjetas que acumula dentro. Siempre he pensado que el buzón no es más que una caja de madera desgastada, pero sé que no puedo decir esto delante de Nijiko o, sino, me fulminaría con la mirada.

Por supuesto, no podemos llevar a cabo todos los encuentros que nos piden porque no somos tantos gatos mensajeros. Aunque quisiéramos, no daríamos abasto y reinaría el caos. Literalmente nos harían falta más manos o, mejor dicho, patas. Nijiko es la que se encarga de examinar las tarjetas y decidir cuáles son lo suficientemente importantes como para que nosotros entremos en acción.

Después de caminar por el segundo callejón lateral desde la avenida principal, me encuentro con un callejón muy estrecho. Es tan angosto que apenas cabe un gato. Si lo atraviesas, llegarás a una amplia plaza con unas vistas preciosas y, justo en una esquina, se encuentra el Café Pont, en una preciosa casa blanca.

Son alrededor de las cuatro de la tarde. Ya he terminado mi patrulla diaria y he pasado un rato agradable charlando con Natsuki. Frente al café hay un gato blanco con manchas marrones que camina de un lado para otro, intranquilo.

—Aún está abierto —me advierte cuando trato de entrar.

Mientras el café está abierto al público, los gatos tenemos prohibida la entrada para que no asustemos a los clientes.

El gato se incorpora encorvando el lomo. Es mejor que no me vea como una amenaza. No quiero que piense que trato de invadir su territorio.

—Llegué a este mundo hace veinte días —informo.

—Te llamas Fūta, ¿verdad?

Al escuchar mi nombre sin previo aviso, me sobresalto.

—Sí, soy yo.

De pronto el gato se acerca con demasiada confianza.

—Nijiko me ha hablado de ti. Me ha dicho que tu primer trabajo fue un éxito rotundo.

Ah, solo quiere hacerme un cumplido. Hincho el pecho con orgullo.

—Sí, no estuvo nada mal.

—Soy Sky, encantado.

Me muestra una gran barriga blanca que no concuerda, en absoluto, con su delicado nombre extranjero.

Lleva en este mundo unos seis meses.

—Mi primer trabajo fue un auténtico desastre —dice con los ojos casi llorosos.

—¿Qué pasó?

La verdad es que me parece un incordio, pero toda información es bienvenida. Así que escucho.

—La clienta estaba a punto de casarse y quería ver a su difunta abuela.

—¿Usaste su nombre del mundo azul para dar con ella?

Es lo que hice yo. No era tan difícil…

—Sí, pero me quedé atascado en la parte de la investigación.

Al parecer la clienta tenía una relación a larga distancia y resultó difícil dar con ella. Según fue avanzando con la investigación, descubrió que quería que la abuela asistiera a la boda.

—¿Planeabas transmitir el alma a alguno de los asistentes?

—Sí, esa era la idea. Pero, debido a los retrasos en la investigación, al final la clienta solo pudo hablar con la abuela después de la boda.

—¿Y qué hiciste entonces? —pregunto.

Cuanto más escucho, más quiero saber.

—No me quedó otra que seguirlos durante el viaje posterior...

—¿En la luna de miel?

—Sí, exacto. Viajaron a una isla tropical del sur y yo intenté transferir el alma a la dueña de la pensión en la que se hospedaban.

—Ya veo. Al menos suena entretenido.

—Nada más lejos de la realidad...

Los ojos de Sky están cada vez más anegados en lágrimas.

—¿No lo conseguiste?

—Resultó que la dueña de la pensión era alérgica a los gatos. Cada vez que estaba cerca de ella comenzaba a estornudar, así que no pude acercarme lo suficiente. Al final desistí y decidí transferir el alma al instructor de buceo.

Sky se enteró de que los recién casados iban a hacer un curso de buceo durante el viaje, así que los esperó en el bote. Justo cuando rozó al instructor con la cola, este se lanzó al agua.

—¿Al agua? ¿La clienta recibió el mensaje en el agua? —pregunto sorprendido.

–Sí. Pero, cuando el instructor le dijo «Enhorabuena, espero que seas muy feliz», la recién casada no pensó que se tratara de un mensaje de su abuela –dijo Sky–. Pensó que era un comentario cualquiera y que el instructor solo pretendía ser amable.

–Lo siento.

Yo también me había sentido así de impotente y desesperado cuando le había transmitido por error el alma a un niño.

–Pero, entonces… –Los ojos de Sky se iluminan de pronto–. Apareció un pez. Un pez payaso.

–¡Ah! Sé cuáles son. Esos peces tropicales tan bonitos, naranjas a rayas blancas.

–Exacto. Fue pura coincidencia, pero resulta que la clienta había ido de pequeña al acuario con su abuela y juntas habían visto ese pez, además de la famosa película de dibujos que tiene a uno de esos como protagonista. Entonces, lo comprendió.

–¿Así que al final lo entendió?

Sky asiente despacio.

–Sí. Salió del agua con las gafas de buceo llenas de lágrimas. Dijo que ya no tenía más ganas de bucear, pero parecía muy feliz.

–Qué bien.

Me siento aliviado, como si la anécdota hubiese sido mi propia experiencia.

–Y así es como he logrado llegar hasta aquí –termina Sky.

Resulta que este es su cuarto trabajo como gato

mensajero. Cuando descubro que está tan cerca de cumplir su objetivo, siento muchísimos celos.

–Te queda muy poco para lograr el quinto. ¡Qué suerte!

–Bueno, no creo que sea tan sencillo –dice, frunciendo el ceño–. Al principio Nijiko da trabajos muy fáciles, pero poco a poco la dificultad va subiendo.

–¿En serio?

Me quedo petrificado.

Tras haber completado mi primer trabajo con éxito, pensaba que podría hacer el resto sin mayores complicaciones, pero esto me deja intranquilo.

–Ahora mismo estoy tratando de juntar a dos personas del mundo verde, pero me he quedado atascado. Por eso he venido hoy aquí, para ver si Nijiko puede darme algún consejo.

–Vaya, ¿vas a juntar a dos personas del mismo mundo?

–Sí. Me dan ganas de decirles que espabilen y lo hagan ellos solos, pero creo que hay un motivo especial por el que no pueden verse. Comencé la investigación, pero ahora no sé cómo seguir. –Sacude la cabeza, frustrado.

Nijiko solo acepta los deseos de gente que de verdad necesita ayuda, por lo que seguramente haya una razón de peso por la cual no pueden encontrarse.

–Parece muy complicado…

Ver a Sky tan abatido hace que pierda confianza en mi capacidad de completar los cinco trabajos. Da la impresión de que él también está preocupado de que pasen siete meses hasta que pueda conseguir el permiso para visitar a alguien y que todo su esfuerzo haya sido en vano.

–Parece que hoy los clientes no quieren marcharse. No tiene pinta de que vaya a cerrar pronto, así que será mejor que me vaya.

Sky se despide agitando su corta cola y se marcha por el callejón que lleva al mundo azul.

Como si esa fuera la señal que estaba esperando, la puerta del Café Pont se abre de golpe. Sin embargo, por la puerta no se asoma Nijiko, sino una mujer que no conozco. Quizá sea una de esos clientes que, en palabras de Sky, no quería irse a casa. Lleva unos pantalones *beige* de algodón y una sudadera con capucha de color marrón oscuro. Es delgada y bajita, no lleva maquillaje y tiene el pelo corto. Debe de tener unos treinta años. Camina colina abajo con prisa, en dirección al mundo verde.

–Sé que estás ahí, Fūta. Pasa.

Nijiko me llama mientras observo a la mujer alejarse.

–¡¿Cómo has sabido que estaba fuera?!

Entro en el café y me fijo en que Nijiko está revisando el buzón.

–¿No está Sky contigo?

–Quería pedirte consejo, pero se ha cansado de esperar y se ha ido.

–Vaya… lo siento.

A pesar de que está dentro del café, Nijiko parece saber lo que ocurre fuera. ¿Acaso los jefes siempre están tan pendientes de sus empleados y nos vigilan así de cerca? No sé si debería estar impresionado o aterrorizado.

–¿Te apetece probar con este?

Nijiko me pasa una tarjeta en la que solo pone:

Quiero volver a ver a esa niña.

–¿Esa niña? ¿No hay más información? –pregunto asombrado.

–La ha escrito la mujer que acaba de irse. La has visto, ¿no?

Hago memoria de la mujer bajita y de pelo corto.

–Sí.

–¿No has escuchado nuestra conversación? Ha estado hablando conmigo.

–No. No he oído nada de nada.

Estaba demasiado absorto en la historia de Sky como para prestar atención a lo que sucedía dentro de la tienda.

–¿Y qué hacíais ahí fuera entonces? ¡Deberíais estar escuchando!

Tras un suspiro de resignación, Nijiko empieza a resumirme su charla con la mujer:

–Eran las tres de la tarde pasadas cuando ha aparecido por el café. Creo que acababa de salir del trabajo. Al llegar, me ha pedido un vaso de leche caliente.

–¿Un vaso de leche? Pero ¿los adultos beben eso? –pregunto.

Yo solo bebí leche cuando era gatito. La mamá de Michiru me la ponía en un cuenco y, cuando terminaba, me acariciaba la cabeza y me decía: «Buen chico».

–Endulzamos la leche caliente con miel para suavizarla –responde Nijiko con evidente orgullo.

¿De verdad cobra dinero solo por calentar leche? Supongo que, si es lo que piden los clientes, no tiene nada de malo.

–¿Y luego qué?

Vuelvo a encauzar la conversación antes de que Nijiko continúe hablando de las facultades de la leche.

–Sí, perdona. Estaba muy pensativa, pero, al reparar en el calendario de la pared, ha empezado a ponerse nerviosa.

–Hmm. ¿Quizá se acordado de que tenía una cita urgente?

–Eso parece. Cuando se ha acercado a pagar, me ha preguntado si conocía una buena pastelería. Quería hacer un encargo.

–Será para un cumpleaños.

Ahora soy mucho más creativo. Recuerdo que Nijiko siempre dice que es muy importante cultivar la imaginación.

–Sí. Me ha dicho que iba a ser el cumpleaños de su hija, así que le e recomendado mi pastelería de confianza. Hacen unos pasteles increíbles, pero en realidad son más famosos por sus profiteroles. La gente hace cola para comprarlos.

–¡Profiteroles! –exclamo y pego un salto.

Creo que de la emoción he saltado tres veces mi altura. ¡Son mi dulce favorito!

En casa de Michiru, siempre celebrábamos los cumpleaños con dulces. En el de papá comprábamos una tarta de queso; en el de mamá, una de fresa; y en el de Michiru siempre había profiteroles. En todos sus cumpleaños, Michiru me daba un profiterol para que lo lamiese. Son tan deliciosos...

Vuelvo a la realidad cuando noto la mirada fría de Nijiko sobre mí.

–Fūta, ¿me estás prestando atención?

–Sí, sí. Le recomendaste la pastelería en la que venden esos deliciosos profiteroles.

–Veo que te has centrado en lo que no es, pero sí. Entonces, la clienta, eh..., Hizuru Soshigaya –dice Nijiko mientras comprueba su nombre en la tarjeta–, ha sacado el móvil del bolso y ha buscado la página web de la pastelería.

–Estaría buscando dónde encontrarla.

–Claro, pero ¿por qué tenía tanta prisa?

–No lo sé.

Inclino la cabeza, curioso.

–Piensa un poco. Échale imaginación –dice.

Así que lo intento.

–Quizá quería comprobar si estaba cerca y cuál era el horario de apertura. O tal vez quería ver si tenían el pastel favorito de su hija.

–Tienes que pensar más a lo grande. A fin de cuentas, es para el cumpleaños de su hija. Seguramente no solo quiera un pastel, sino también incluir un mensaje.

Se me crispa el bigote cuando lo comprendo: quería saber si podrían tenerla a tiempo para el cumpleaños.

Nijiko me mira. Sabe que he dado con la respuesta.

–Exacto. Hizuru le prepara todos los años un pastel a su hija con un bonito mensaje, pero este año está tan ocupada con el trabajo que se le ha echado el tiempo encima. Por eso me ha preguntado con tanta prisa.

–¿Y le podrán hacer el pastel a tiempo?

–Cuando comprobó la página web, vio que las reservas tenían que hacerse con al menos tres días de antelación. Respiró aliviada y dijo que lo había reservado justo a tiempo.

–Menos mal, ¿no?

–Y luego rellenó la tarjeta de la persona que quería ver.

–Y escribió: «Quiero volver a ver a esa niña». Como dice «esa niña» y no «mi hija», ¿quizá se refiera a la hija de alguna amiga?

–Eso no lo sé, pero me dio la impresión de que era una persona muy solitaria. Pero eso ya es trabajo de un gato mensajero. Te lo asigno.

Y así es como consigo mi segundo trabajo.

2

Avanzo con paso firme por la empinada cuesta que lleva al puente que conecta el mundo verde con el azul. Al pie del puente se encuentra una pequeña caseta que parece una cabina telefónica, pero que es, en realidad, la caseta del guardia. Desde dentro me saluda una voz ronca:

–Hola, novatillo. ¿Va todo bien?

Asoma la cabeza el guardia, un gato carey. Aunque ya he completado mi primer trabajo, continúa llamándome «novatillo». No me gusta, pero, como ocupa un puesto superior al mío, no me queda otra que resignarme.

–Eso creo.

Dicho esto, le enseño el permiso escrito por Nijiko. Está decorado con un dibujo muy bonito de un gato y un sello con forma de arcoíris.

–Ah, la pastelería Ambroise. Tienen unos dulces riquísimos.

–Sí, pero he oído que siempre hay mucha cola.

–Es difícil comprar uno de sus famosos profiteroles. De hecho, yo nunca los he visto, pero conozco muy bien los pasteles. El de fruta es irresistible –dice, relamiéndose.

Vaya, así que no soy el único gato al que le encantan los dulces. Podría quedarme todo el día hablando de postres, pero no puedo arriesgarme a perder a la clienta. Tengo que seguir.

El gato carey acepta mi permiso y, en cuando bajo la cuesta, me encuentro delante de la pastelería Ambroise, tal como me indica el letrero. No puedo dejar de preguntarme cómo funciona esta conexión entre mundos. Estoy seguro de que debe de haber alguien que se encargue de ello...

Frente a la pastelería hay una cola de unas diez personas. Todos están tranquilos: miran su teléfono, pasan el rato o leen un libro, sin mostrar signos de impaciencia. Es en estos momentos cuando pienso en lo extraños que son los seres humanos. ¿Por qué malgastan el tiempo esperando para conseguir algo? Yo me habría ido a buscar comida a otro sitio o me habría tumbado al sol a disfrutar de esta sensación de calor... Sin duda es un plan mucho mejor.

La fila crece y decrece, pero, justo cuando estoy a punto de quedarme dormido, veo de reojo a alguien acercarse a toda prisa.

¡Es ella!

Lleva la misma la misma sudadera que el otro día, pero esta vez lo combina con unos vaqueros. Sus zapatillas deportivas están muy desgastadas. Al principio se pone al final de la cola, pero luego se da cuenta de que esa es la cola para comprar profiteroles y camina entre la gente hasta entrar en la tienda.

Según Nijiko, la mujer había reservado un pastel que probablemente podría recoger al cabo de tres días. Por eso decidí que la primera jornada de investigación sería hoy y, tal como esperaba, aquí está.

–Hola. Tengo un pastel reservado a nombre de Hizuru Soshigaya. –Su timbre de voz es jovial y está cargado de confianza. Es muy agradable al oído.

–La estábamos esperando. Es un pastel de chocolate con crema, ¿verdad?

Oigo cómo se abre una caja. El empleado debe de estar enseñándole el pastel.

–¡Qué preciosidad!

El tono de Hizuru es ahora todavía más alegre.

–¿Está todo bien escrito? –pregunta el empleado.

Debe de referirse al mensaje en el pastel.

–«Feliz cumpleaños, Himi» –lee Hizuru en voz alta–. Sí, está perfecto.

–Eran seis velas, ¿verdad? –pregunta el empleado mientras termina de guardar el pastel.

Poco tiempo después, Hizuru sale de la tienda. Lleva con mucho cuidado una bolsa de papel blanca.

Yo la sigo sigilosamente.

La casa de Hizuru se encuentra en un barrio residencial tranquilo. Es una vivienda unifamiliar de obra nueva con un cartel muy simple que reza: SO-SHIGAYA. Hizuru introduce la llave y abre la puerta con cuidado.

Trepo por encima de la valla y me acomodo en un rincón del jardín. Parece un lugar ideal para esperar todo el tiempo que sea necesario sin que me duela el lomo. Me acerco a la pared de la casa, pero casi no oigo nada. Solo el sonido de Hizuru al cambiarse de ropa y sacar algo de beber de la nevera. Ni su hija ni su marido han llegado todavía.

El jardín está repleto de árboles y plantas de todo tipo. De hecho, tanto olor a hierba me marea un poco. Chupeteo las hojas de algunas plantas, pero no me convence del todo el sabor. Me entretengo un rato jugueteando con las briznas de hierba que se balancean suavemente con el viento, pero al final me acabo aburriendo.

¿A quién se le ocurre llegar tarde a un cumpleaños?

Las estrellas y la luna resplandecen en el firmamento. Es casi medianoche cuando, por fin, un coche aparca en el garaje. De él baja un hombre alto y delgado.

—Bienvenido. —La voz de Hizuru suena apagada, seguramente de tanto esperar.

—Lamento haber llegado tarde justo hoy, que es su cumpleaños —se disculpa el hombre.

—Te has acordado.

—Por supuesto.

Hizuru se queda callada un momento, pero su marido rompe el silencio.

–Has comprado un pastel, ¿verdad? Comámonoslo.

–De acuerdo –responde Hizuru algo más animada–. Este año lo he encargado en una pastelería que me han recomendado. Al principio he pensado que el chocolate sería demasiado fuerte, pero ya tiene seis años. Seguro que le gusta.

–Seguro que sí.

Esta vez es el hombre el que parece parco en palabras.

–También he pedido seis velas…

Fuera, desde la ventana, veo cómo la luz de las velas parpadea suavemente. Luego, ambos soplan al mismo tiempo y todas las llamas se apagan.

–Si estuviera viva, estaría a punto de empezar el colegio –comenta Hizuru con un deje melancólico en la voz.

Después de eso, apenas sigue la conversación. Solo el rítmico sonido de los tenedores al cortar el pastel y chocar con los platos llena el profundo silencio de la habitación.

3

—¿Qué se debe de sentir al perder a un hijo? —le pregunto a Natsuki, la gata negra.

Estaba sumida en un libro, una especie de guía para gatos de brujas, pero no ha avanzado ni una página desde que estoy aquí. Finalmente se tumba sobre él.

—Nunca he tenido hijos, así que no sé qué decirte. Pero tuve una amiga que sí fue madre.

Natsuki, al igual que yo, era una gata doméstica, aunque de vez en cuando salía a dar un paseo o a reunirse con otros congéneres, por lo que conocía a algunos gatos callejeros. Yo también me llevaba bien con algunos, aunque casi siempre nos dedicábamos a jugar a las peleas y no recuerdo haber tenido nunca una conversación personal con ellos.

—Si una gata da a luz en la calle, no puede cuidar de su camada ella sola. Así que coge a sus cachorritos y busca una casa donde puedan hacerlo. Si piensa que rechazarán quedarse con todos los gatitos, los deja uno por uno en diferentes casas.

—Debe de ser duro —digo.

Yo no recuerdo a mis padres biológicos. Papá dice que me encontró acurrucado en un cuarto para bicicletas cuando tenía apenas unos pocos días de vida. Estoy seguro de que mi madre biológica me dejó ahí pensando que estaría a salvo.

—Para ellas es duro separarse de sus hijos, pero lo hacen porque su deseo de que crezcan sanos y felices, aunque sea lejos de ellas, es incluso más fuerte. Al menos eso es lo que me dijo mi amiga —comenta Natsuki.

En mi corazón le doy las gracias a mi madre, a quien nunca conocí. En casa de Michiru fui muy feliz y me divertí muchísimo.

—Aun así, hay crías que pierden la vida. Pero eso es… ¿el destino? O algo así. Creo que usó una palabra similar —añade Natsuki.

—¿La ley de la naturaleza? Quizá se parezca a esa idea de que, si algo altera el equilibrio, la Tierra se distorsiona —sugiero.

Pienso en el caso de los Soshigaya y en el silencio antinatural que envolvía su hogar. A pesar de que tanto Hizuru como su marido estaban allí, había una sensación de vacío y ausencia de la que no se podía escapar, una especie de silencio profundo y arraigado.

—Llegar hasta el final de tus días es casi un milagro, ¿no crees? —pregunta Natsuki con una gran sonrisa y los ojos centelleantes.

Quizá trabajar tan cerca de una bruja la ha vuelto algo filosófica.

Como gato mensajero, yo también tengo un deber que cumplir, así que me preparo para ello con todas mis fuerzas.

4

Empiezo la segunda parte de la investigación en casa de Hizuru.

Me he levantado temprano, y eso que no soporto hacerlo. Me froto los ojos, todavía medio dormido, y espero en un rincón cerca del garaje. Antes de que el sol haya salido del todo, Hizuru sale de la casa. Parece que el marido sigue durmiendo.

Vuelve a ir vestida con su atuendo informal. La sigo hasta que llegamos a un edificio: GUARDERÍA KIRINZUKA. Frente al edificio, que tiene solo una planta, hay un amplio patio con varios juguetes infantiles. A pesar de lo temprano que es, ya hay unos cuantos niños jugando.

—¡Buenos días, profe! —la saluda con alegría una niña que juega con un cubo rosa en el arenero.

Hizuru debe de trabajar en este lugar.

—¡Buenos días, Mio! —responde Hizuru con una sonrisa y saludando con la mano.

Se nota que es atenta y cariñosa, admirada y querida tanto por los niños como por sus compañeros de trabajo. Trabaja con eficiencia y alegría y su risa, cargada de energía, resuena por toda la guardería.

Yo me dedico a escabullirme por los pasillos o a esperar en el patio debajo de un banco. El problema es cuando me encuentra algún niño y me grita:

—¡Gatitooooo!

Estoy harto de que me persigan. ¿Por qué los niños siempre se me acercan sin tener en cuenta si me apetece o no? ¿Y por qué tienen siempre esas voces tan agudas? Es insoportable.

A pesar de estas dificultades, el día avanza y la tarde llega rápidamente.

Los padres aparecen para recoger a sus hijos. Los que llegan más pronto se los llevan después de comer. La niña de antes, Mio, lleva jugando en el arenero casi todo el día, cuando de pronto sale corriendo hacia una mujer con un pantalón de traje azul marino.

—¡Mamá!

—Buenas tardes.

Al escuchar el grito de Mio, Hizuru sale al patio a saludar a la madre.

—¡Hasta mañana, profe!

—Mio ha crecido mucho, incluso cuida de los otros niños.

—Anda, ¿de verdad? El año que viene empezará el colegio, ¿crees que le irá bien?

La madre de Mio se vuelve para mirar a su hija a la cara.

–Ah, el año que viene también va mi… –Hizuru empieza a hablar, pero se interrumpe.

–Perdón. –La madre de Mio se disculpa rápidamente con una reverencia.

Ha entendido la situación.

–No te preocupes. A mí me ayuda mucho trabajar aquí cuidando de los niños –responde Hizuru.

–¿Sí?

Mio se acerca a su madre correteando alegremente.

–Mañana iremos a comprar una mochila para el cole –dice Mio, asomándose entre las piernas de su madre y susurrando como si se tratara de un secreto.

–¡Vaya! ¡Qué divertido! –Hizuru responde del mismo modo, colocando la palma de la mano junto a la boca, como si también estuviera compartiendo un secreto.

–Ahora hay tantos colores y diseños diferentes que es muy difícil elegir –comenta la madre de Mio con las cejas fruncidas de preocupación.

–Antes los niños llevaban mochilas negras y las niñas, rojas o, como mucho, rosas.

Parece que Hizuru quiere empatizar con las preocupaciones de la madre.

–¡Yo quiero una de color verde esmeralda! –exclama Mio.

Antes de que nadie pueda impedírselo, saca del bolso de su madre un catálogo de mochilas.

–¿A ver, a ver? –pregunta Hizuru, acercándose al catálogo.

–Toma, profe, te lo regalo.

Y se lo tiende.

–Mío, ¡eso no se hace!

La madre coge a su hija de la mano.

–Vaya, sí que hay un montón de modelos.

Hizuru está absorta en el catálogo de mochilas.

–Puedes quedártelo si quieres. Nos llegan tantos a casa que se nos están empezando a acumular –dice la madre riéndose.

Durante un segundo, la mirada de Hizuru se vuelve triste, pero rápidamente se recupera y despide a madre e hija con una sonrisa.

–¿Tú sabías que ahora hay tantas opciones? Me habían dicho que había un montón de colores, pero… –comenta Hizuru a su marido, que ha vuelto otra vez tarde, hacia la medianoche.

Mientras habla emocionada, ojea el catálogo de mochilas que le han regalado.

–¿Qué color crees que le quedaría mejor a Himi? A mí me gusta el lavanda, pero me pregunto si ella preferiría algo más cursi. Este rosa claro también es bonito. –Según pasa las páginas, su tono de voz es cada vez más alegre–. ¿A ti qué te parece?

Oigo cómo el marido deja un vaso de agua, o algún otro tipo de bebida, sobre la mesa.

–Ya basta, Hizuru.

Su voz grave resuena por la casa. No grita ni trata de intimidar. Suena más desesperada, casi como una súplica.

—¿Qué tiene de malo fantasear un poco? —pregunta Hizuru en voz baja.

—Han pasado ya seis años. Le has puesto nombre a un bebé nonato, todos los años celebras su cumpleaños y ahora hablas de ella como si fuera a empezar el colegio. ¿Hasta cuándo vamos a seguir así, jugando a las familias?

—¿Me vas a quitar esto? ¿Le vas a arrebatar a una mujer que no puede dar a luz el derecho a soñar? ¡No es justo! Las familias que tuvieron un bebé al mismo tiempo que nosotros van a ir la semana que viene a comprar mochilas nuevas para el colegio. ¿Qué tiene de malo que yo sueñe también con eso?

—¿Crees que yo no estoy triste? A veces siento que ya no puedo más. Me asusta que no distingas entre la fantasía y la realidad. ¡Hay límites que no se pueden cruzar!

—Entiendo lo que quieres decir. Todos los días cuido en el trabajo de los hijos de otras. A veces me sorprendo pensando en lo irónico que es que no pueda tener hijos propios, pero esté cuidando a los de los demás. Esa es la realidad. ¿Crees que no lo sé?

Hizuru repite dos veces más «¿Crees que no lo sé?» y guarda silencio.

La casa de los Shoshigaya vuelve a quedarse callada, impregnada del mismo profundo silencio del otro día.

—Los bebés que no llegan a nacer no van directamente al mundo azul –me informa Nijiko; el fuego de la chimenea del Café Pont crepita.

La chimenea siempre está encendida, sea primavera o verano. Nijiko la pone en marcha siempre después de cerrar, cuando los gatos mensajeros solemos ir a visitarla, porque sabe que nos encantan los lugares calentitos.

Me tumbo agradecido frente a las llamas. Aunque tengo ganas de bostezar, intento aguantar despierto. Estoy trabajando.

—Entonces, ¿dónde la puedo buscar?

Cuando tuve que buscar el alma del padre de mi primera clienta, averigüé su nuevo nombre y fui a verlo en el mundo azul.

—Y, si no llegó a nacer –continúo–, ¿cómo va a entablar una conversación con nadie?

El padre de mi primera clienta, en lugar de su apariencia al morir, había optado por tomar el aspecto que tenía a los cuarenta años.

–Estará creciendo sana y fuerte en el mundo azul.

–¿En serio?

Los bebés nonatos y los que mueren al poco de nacer acaban en el mundo azul, pero, por algún motivo, no están bien registrados y es difícil encontrar dónde viven.

–Los niños que llegan al mundo azul antes de nacer o cuando son todavía muy pequeños van a una especie de guardería y, una vez que crecen, pasan a un colegio.

Esta explicación me hace sentir que la fina línea que separa el mundo verde y el azul es difusa, como si apenas existiera. El marido de Hizuru dijo que había límites, pero yo no lo tengo tan claro.

–Así que, si me dirijo a ese lugar, ¿podré hablar con ella?

–Claro. Además, sabes la edad que tiene y su nombre, ¿no?

–Sí. Se llama Himi y acaba de cumplir seis años.

–«Hi» por Hizuru y «Mi» por Minoru –comenta Nijiko.

–¿Eh? ¿Así se llama el marido? ¿Cómo lo sabes?

–Ah, ¿no te lo he enseñado?

Saca la tarjeta que rellenó Hizuru. En el lado opuesto al mensaje «Quiero volver a ver a esa niña», leo:

Minoru y Hizuru Soshigaya.

–Pero, entonces…

Está claro que el deseo lo escribió Hizuru, pero en la tarjeta hay dos nombres, así que tendré que transmitir el mensaje de Himi a ambos. Es el doble de responsabilidad.

–Pero no te preocupes, incluso si solo consigues transmitir el mensaje a uno de ellos, contará como un trabajo bien hecho.

Las palabras de Nijiko me quitan un poco de peso de encima. Pero, ¿está realmente bien hacer algo tan importante a medias? No puedo evitar preocuparme. Es cierto lo que dicen sobre los gatos atigrados: tenemos un fuerte sentido de la responsabilidad.

6

Es sorprendentemente fácil encontrar la guardería del mundo azul.

Las casas están desperdigadas y decoradas al gusto de sus propietarios, pero intuía que la guardería estaría en un sitio al que todos pudiesen acceder sin problema. Debe ser céntrico, fácil de llegar desde cualquier lugar, con un patio amplio y rodeado de mucha naturaleza. Además, hay un último punto clave: tiene que ser un lugar sin cuestas.

El mundo azul está plagado de colinas. Las cimas son buenos lugares para vivir porque tienen unas vistas preciosas, pero tanto subir y bajar para ir a la guardería sería contraproducente. Con esta idea en mente, acoto mi rango de búsqueda e investigo en busca de zonas llanas. Y, así, doy con la guardería. Todo gracias a mi imaginación, que cultivo regularmente.

Nada más entrar en el recinto, me rodean un montón de niños.

—¡Qué mono! ¡Es un gatito!

Trato de darme la vuelta para escapar, pero se me acercan gritando:

–Nooo, no te vayas. ¡Quiero acariciarte!

Da igual en qué mundo esté, los niños no cambian. Sin saber cómo, consigo huir y entrar en la guardería.

–¿Eres un gato mensajero? –me pregunta una profesora mientras me rasca la barbilla.

Ojalá les enseñara a los niños no solo a jugar, sino a cómo tratar a los gatos.

–Sí. Estoy buscando a Himi Soshigaya –digo ronroneando.

La profesora recorre con la mirada la guardería.

–¿Dónde se habrá metido?

Al momento, deja escapar una risilla. Miro hacia donde está mirando y la veo escondida debajo de un pupitre.

–Himi es muy creativa.

Al acercarme veo que está pintando un dibujo con lápices de colores. Es una imagen vibrante y colorida: parecen burbujas flotando en un paisaje cálido y reconfortante.

–¿Es lo que viste dentro del vientre de tu madre? –pregunta la profesora. Luego añade–: Himi, tienes visita.

–¿Papá y mamá quieren verme?

Himi parpadea.

Sus enormes ojos oscuros me recuerdan a los de su madre. Después alza los brazos en señal de victoria y grita de alegría. Definitivamente, se parece a Hizuru.

–Si tienes algo que decirles a tus padres, cuéntaselo a este gato –indica la profesora.

Himi parece confusa.

–Me hace muy feliz que papá y mamá me recuerden, pero no tienen que preocuparse. ¡Aquí estoy muy bien! Además, ya soy mayor, ¡el año que viene empiezo el colegio! –Hincha las mejillas de manera tan adorable que no puedo evitar reírme.

Quizá no todos los niños sean molestos y ruidosos. Yo tampoco he tenido hijos, pero creo que ahora entiendo un poco mejor lo que los padres sienten por ellos. Aunque sea solo un poco.

Los padres quieren que sus hijos sean felices y los hijos quieren que los padres no se preocupen por ello. Al menos en este aspecto, los gatos y los humanos nos parecemos.

7

La verdad es que no tengo ningún plan. Aunque llevo conmigo el alma de Himi, todavía no he decidido cómo y dónde transmitirle el mensaje a Hizuru. Podría hacerlo en la casa para que así ambos puedan recibirlo, pero temo que puedan asustarse si un extraño irrumpe de pronto en su hogar.

Mejor no pasarme de ambicioso. Se lo transmitiré solo a Hizuru, así que será mejor que vaya a la guardería donde trabaja para que encuentre al niño que hará de recipiente.

Mientras espero frente a la puerta, Hizuru llega a la misma hora de siempre. Cuando entra, saluda alegremente a los niños.

Primero tengo que encontrar a quién confiarle el alma. No dejan de llegar niños acompañados de sus padres. Los pequeños, como siempre, son muy perceptivos y notan mi presencia de inmediato. Se acercan para intentar tocarme, lo que me dificulta el trabajo. Se toman demasiadas confianzas y, como no paran quietos, es muy difícil evitarlos. En cuanto roce a alguien con la punta de la cola, le transferiré el alma de Himi, pero durante muy poco tiempo, así que deberé entregarle el mensaje rápidamente o todo el esfuerzo será en vano.

Quienes reciben el alma no recuerdan luego nada. Aunque la experiencia dure un breve periodo de tiempo, para esas personas es como si hubiera ocurrido en un abrir y cerrar de ojos, por lo que ni siquiera se dan cuenta de que han actuado como mensajeros. Según Nijiko, a pesar de que el mundo verde y el azul están conectados, hay una pequeña brecha espaciotemporal entre ellos. Me parece lógico.

Los padres y sus hijos desfilan unos tras otros ante mi atenta mirada. El tiempo pasa y yo sigo sin encontrar a la persona adecuada.

Llevo el alma conmigo y, por suerte, sé que no desaparecerá de inmediato. Concentro la energía del alma en la punta de la cola y procuro evitar cualquier contacto para que no se trasfiera irremediablemente por accidente. Sin embargo, es como un producto perecedero: si la retengo durante demasiado tiempo, su frescura comenzará a desvanecerse. Es como un vegetal que se pudre; si el alma pierde frescura, el mensaje original se alteraría y, en ese caso, los sentimientos no se transmitirían adecuadamente. Además, los gatos somos algo desmemoriados. Me temo que si no transmito el mensaje pronto pueda llegar a olvidar las palabras por completo.

Intento tranquilizarme. Las prisas son malas consejeras y lo mejor es trabajar con calma.

Según se acerca la hora del almuerzo, deja de llegar gente a la guardería. Pero los niños están jugando con tanta energía que me resulta imposible aproximarme a ellos. Al llegar la tarde, los ojos se me van cerrando poco a poco hasta que… Vaya. Solo quería descansar un poco, pero me he dormido. Cuando me despierto ya está anocheciendo.

Me levanto de un salto.

Ya no queda ningún niño jugando en el arenero y dentro de la guardería solo quedan unos pocos. Si no termino el trabajo por haberme pasado con la siesta, Nijiko se enfadará. Tengo que transferirle el alma a alguien. Mientras sacudo ansiosamente la cola, veo entrar por la puerta principal a una niña con mochila. Es más alta de lo normal y camina con paso firme. Tiene edad de estar ya en el colegio.

Es ahora o nunca.

Sin dudarlo, me acerco sigilosamente a sus pies y, con un movimiento rápido, la rozo suavemente con la cola. Espero haber elegido bien mientras la sigo de cerca.

—Buenas tardes, soy la hermana mayor de Mio Watarai —dice alto y claro.

Hizuru sale de la guardería.

–¿La hermana de Mio? ¿Has venido a recogerla? ¡Qué buena hermana! –exclama sorprendida.

–Sí, mi padre está fuera, pero no encuentra dónde aparcar.

Noto cómo crece mi frustración. ¿Por qué el alma no ha transmitido el mensaje? En sus palabras no se percibe la influencia de Himi. Me siento impotente, pero solo puedo observar y esperar.

Mio sale de la guardería y corre hacia ella.

–¡Hermanita!

Es tan pequeña; me sorprende pensar que en solo unos pocos años esta niña crecerá y se volverá fuerte y madura. Intento recordar la época en la que Michiru estaba en el colegio, aunque por aquel entonces yo también era pequeño, apenas un gatito. Solíamos jugar a las carreras y la cosa estaba muy reñida.

–Venga, volvamos a casa. Hoy mamá llegará tarde del trabajo, pero nos ha dejado algo rico para cenar –dice la hermana con voz dulce y cariñosa.

–¿Sí? ¿El qué?

–Pasteles. Mamá los compró antes de irse a trabajar. El tuyo es tu favorito, de fresa –responde.

Mio está tan contenta que grita de alegría y da vueltas alrededor de su hermana.

–Y… –continúa, mirando a Hizuru a los ojos, quien se queda algo sorprendida– el mío es un pastel de chocolate, decorado con una rosa preciosísima.

La hermana sonríe dulcemente. Mio sigue dando vueltas y aplaudiendo, sin escuchar las palabras que acaba de pronunciar su hermana. Está demasiado ocupada gritando.

–¡Fresa, fresa!

–¿Puedes comer chocolate? ¿Incluso con la edad de Mio? –le pregunta Hizuru, quien sí la ha oído.

La hermana asiente.

–Sí, está buenísimo. –Su voz se torna más dulce. No es el tono de una niña que va al colegio, sino de alguien más pequeño.

Hizuru cierra los ojos.

–Ya veo. Así que ya puedes comerlo… Cuánto has crecido.

La profesora se despide de ellas mientras se marchan cogidas de la mano.

La mochila de la hermana mayor es de color rosa claro, el mismo tono que Hizuru siempre imaginó que le gustaría a su hija. Se lleva las manos al pecho.

–Gracias por crecer sana y feliz –murmura.

Tras entregar el mensaje, paso un rato deambulando por la guardería. Ya es de noche y hace tiempo que Hizuru se ha ido a casa. Tendría que sentirme pletórico, pero no dejo de darle vueltas a lo mismo. Todavía me queda un pequeño fragmento del alma de Himi porque, cuando toqué a la hermana para transferirle el alma, no se la entregué toda. Una parte de mí quería guardar un trozo.

Los clientes son tanto Hizuru como Minoru, su

marido, y quiero que ambos reciban el mensaje. No sabía que fuese posible, pero al parecer mi deseo ha dividido el alma en dos. Puede que no quede ni sea suficiente, puede que incluso ya no tenga ningún efecto, pero tengo que intentarlo.

Llego a la casa de los Soshigaya justo cuando el marido está aparcando.

Si Minoru entra en la casa, no habrá nada que yo pueda hacer. Es plena noche, viven en un barrio residencial y no hay nadie en la calle a quien le pueda entregar el mensaje. Debería darme por vencido... pero, justo en ese momento, Minoru sale del coche y trata de abrir la puerta del garaje. Sin embargo, parece que el mecanismo falla.

Allá voy, ¡quédate quieto!

Rozo con la cola el coche azul marino y, en ese preciso instante, la radio del coche se enciende.

—¡Bienvenido! —Hizuru le da la bienvenida a su marido. Su tono ha recuperado la alegría.

Minoru entra en el comedor.

—Oye, ¿por qué no vamos este fin de semana a comprar algo para celebrar que Himi está a punto de comenzar la escuela?

—¿Qué?

—Una mochila me parece demasiado, pero ¿y unos lápices de colores? Podríamos ponerles su nombre y así, cada vez que los usemos, pensaremos en ella. Eso podría estar bien, ¿no?

Las lágrimas de Hizuru ahogan su respuesta. La habitación se sume en un profundo silencio, pero distinto esta vez. Algo ha cambiado. Es más suave, más cálido.

–Qué raro –susurra Minoru–. Cuando estaba aparcando el coche en el garaje, ha empezado a sonar una canción en la radio. Era la misma que le cantaba a Himi cuando estaba en tu vientre.

–Me acuerdo. La cantabas todos los días porque creías que era bueno para el bebé –responde Hizuru riendo entre lágrimas.

–Me pregunto si los recuerdos crecen si los cuidas con cariño.

–Así es. Nuestra hija está creciendo sana y fuerte en el más allá. Podemos estar tranquilos.

8

Me dirijo hacia el Café Pont a paso ligero. El día de hoy ha sido muy largo.

Cuando llego, veo que Nijiko me está esperando.

—Has tardado mucho —dice.

—Pensé que ya te habrías ido a casa.

Me alegra saber que hay alguien que espera a que vuelva. Seguro que ha mantenido la chimenea encendida solo para mí.

Mientras le cuento lo sucedido, Nijiko transita varios estados de ánimo: abre los ojos de par en par, asiente con la cabeza e incluso se le llenan los ojos de lágrimas.

—Lo has hecho muy bien: has logrado cumplir el deseo de ambos. —Estampa mi pata en mi registro de trabajos completados—. Se ha hecho demasiado tarde, así que vuelve a casa y descansa. Por cierto, parece que tu novia Natsuki está a punto de realizar su primer trabajo como una auténtica gata de bruja.

¡No es mi novia! No estamos saliendo, pero ¿cómo es que Nijiko sabe todo eso?

Quiero hacerle un montón de preguntas, pero estoy tan cansado que no lo consigo. Bostezo con todas mis fuerzas y se me cierran poco a poco los ojos. Mientras Nijiko termina de limpiar el café, decido tomarme un pequeño descanso.

El fuego de la chimenea sigue crepitando.

Capítulo 3

El gato mensajero juega en el campo

1

Llevo un tiempo pensando en el amor. Sé que no tiene mucha lógica que un gato le dé vueltas a los asuntos amorosos de los humanos, pero no puedo evitar preguntarme por qué todo se enreda tanto, como un ovillo de lana.

Dos personas se conocen por casualidad, pasan tiempo juntas, se vuelven compañeras la una de la otra y, si ambas se cuidan y respetan, viven tranquilas y contentas toda la vida. Es una pena cuando las cosas no van así. Cuando una empieza a sospechar o a criticar es cuando surgen los problemas. Si ambas partes intentaran entenderse y se acercaran la una a la otra, paso a paso, ya habrían avanzado dos pasos. O al menos así es como lo veo yo.

Me gustaría saber si Natsuki está de acuerdo conmigo, pero no la encuentro por ninguna parte.

—¡Natsuki! —grito.

Veo su cabeza asomar de entre unos árboles. Un brillante lazo rojo le adorna el cuello.

—¿Qué te parece?

El lazo rojo me recuerda al que llevan los peluches o los dibujos del mundo verde. A un gato atigrado como yo no le sentaría bien, pero a Natsuki le queda muchísimo mejor que a cualquier peluche que yo haya visto nunca.

Está tan guapa que no me salen las palabras.

—¿Me queda mal?

Natsuki agacha la cabeza tímidamente.

—Te sienta genial.

Finjo que me rasco la oreja para que no pueda verme la cara.

—¿De verdad? Menos mal…

El lazo se le mueve un poco.

—Pero ¿por qué vas tan arreglada?

Espero que no tenga una cita con otro gato.

—Es el uniforme de los gatos negros que trabajan con brujas. Me han dicho que tengo que llevarlo cuando esté en horario de trabajo —responde, sentándose frente a mí.

Ah, ahora me acuerdo. Nijiko me dijo que Natsuki empezaría pronto a trabajar como gata de bruja. ¡Casi se me olvida!

—Empiezas dentro de nada.

Me alegro de que sus esfuerzos hayan dado resultados.

—Aún meto mucho la pata, pero me han dicho que es cuestión de práctica.

—¿Has aprendido a volar con la escoba?

Recuerdo que me dijo que le costaba mucho incluso subirse en una.

—Aún no me dejan montar sola porque podría ser peligroso. Por ahora voy siempre sentada detrás de una bruja.

Parece que solo cuando se convierta en una gata de bruja de pleno derecho le darán su propia escoba, pero todavía falta tiempo para eso.

—Poco a poco.

Es lo mismo que me digo a mí mismo. Mi último trabajo también fue difícil, pero...

—Sigamos esforzándonos mucho —dice Natsuki moviendo la cola.

Sus ojos siguen siendo gigantescos.

—Claro —respondo mientras inflo las mejillas para darme ánimos.

2

No soporto a las personas que están todo el rato mirando el móvil. Cuando esperan el tren, a la hora de comer o incluso mientras caminan… Están completamente dominados por la pantalla. Los chats sustituyen cualquier tipo de intercambio oral.

Los gatos poseemos un oído excepcional. Podemos distinguir todo tipo de sonidos y nunca dejamos pasar lo que realmente necesitamos oír. Por eso, con solo prestar atención, puedo escuchar conversaciones telefónicas a mucha distancia. Esta habilidad es muy útil para mis investigaciones como gato mensajero, pero últimamente todo el mundo se comunica a través de mensajes y correos electrónicos, y eso me desespera. Por el contrario, mi vista no es tan buena. Puedo leer una pantalla, pero para eso necesitaría acercarme demasiado y eso levantaría sospechas, por lo que descarto la idea.

Esta vez, la clienta se llama Fumi Tōgō y su marido, Yūji, lleva un buen rato enviando mensajes a través del móvil. Por la cara de bobo que pone, debe de estar chateando con su amante, Asuka Nezu. Al parecer Yūji es unos años mayor que Fumi, que cumplirá cuarenta este año, pero Nijiko me dijo que Asuka, la amante, tiene veintitantos.

Ojalá pudiera quitarle esa sonrisa de la cara. Siento unas ganas tremendas de saltarle encima y arañarle el pantalón de traje, pero me contengo y sigo vigilándolo. Me siento como un detective privado que investiga un caso de adulterio.

Bostezo a causa del aburrimiento, pero esto también forma parte del trabajo. Sacudo la cabeza para despejarme y me concentro.

3

En un principio, este trabajo había sido asignado a otro gato mensajero. Tras haber avanzado bastante con la investigación, llegó a un punto muerto y finalmente me ofrecieron el trabajo a mí.

Como ya había completado dos trabajos con éxito y parte de este ya estaba avanzado, pensé que sería coser y cantar. Sin embargo, la tarea es más difícil de lo que había anticipado y ahora yo también me encuentro estancado.

—La clienta, Fumi, lleva diez años casada con su marido. No tienen hijos. El marido conoció a su amante, Asuka, hace un año en el trabajo. Sin embargo, no tiene la menor intención de divorciarse y su matrimonio sigue funcionando perfectamente, al menos en apariencia.

—¿A qué te refieres con «en apariencia»? —pregunto.

—Los seres humanos intentamos evitar los conflictos siempre que podemos. No nos gusta luchar contra viento y marea —me explica Nijiko.

No me queda del todo claro lo que quiere decir. Yo pensaba que evitar conflictos e intentar entenderse era lo mismo, pero parece ser que no.

Nijiko me habla de cuando Fumi era joven y no estaba atravesando momentos tan frustrantes como el de ahora. Cuando tenía veinte años quería ser cantante. Mientras estudiaba en la universidad, se dedicaba a enviarles maquetas a las discográficas y a asistir a audiciones. Al final consiguió llamar la atención de una pequeña agencia de talentos. Su primera canción fue el tema principal de un *anime* que emitían de madrugada, por lo que su carrera como cantante empezó con muy buen pie.

Por aquel entonces salía con Wataru Honma. Se habían conocido en clase y la apoyaba en su sueño. Sin embargo, aunque no estaba prohibido que los cantantes tuvieran pareja, el público no podía enterarse de ello y debían mantener su relación en secreto. Cuanto mejor le iba en su carrera artística, más se distanciaba de Wataru.

Poco a poco, Fumi fue pasando cada vez más tiempo con sus compañeros de trabajo y dejó de lado a su novio. En consecuencia, se fue acercando cada vez más a Yūji, su actual marido. Quizá fuera algo inevitable.

Su juventud pasó en un abrir y cerrar de ojos. Tras lanzar cinco sencillos, un álbum y un EP, la despidieron de la agencia. Le dejaron sacar un último disco como premio de consolación, pero cosechó muy pocas ventas. Al poco tiempo de retirarse, se casó con Yūji, quien había sido responsable de promocionar ese último álbum. Tal vez su boda fue una manera de tratar de compensar el fracaso, pero, en esas circunstancias, era prácticamente imposible que tuviesen un matrimonio realmente feliz.

Fumi solía pensar en cómo habría sido su vida de haber seguido con Wataru Honma. Cuando vio el buzón del Café Pont, escribió en una tarjeta:

Quiero volver a ver
a mi antiguo novio de la universidad.

Quizá trataba de buscar a una Fumi que no había podido ser.

4

—La vida es una serie de elecciones –dice Nijiko tras terminar de explicarme la vida de
la clienta–. Claro está que a veces no te queda otra
opción. Por eso es más fácil pensar que el camino
que no escogiste tal vez fue mejor.

—El césped del vecino siempre parece más verde
–comento, intentando parecer un gato sabio.

Desde que empecé en este trabajo, me interesan
cada vez más los hábitos y los refranes humanos.

—Eso quiere decir que las cosas de los demás parecen siempre mejores que las nuestras, pero no
vas del todo desencaminado.

—Pero… –No acabo de entenderlo–. Al final, solo
te queda confiar en que has tomado la mejor decisión y seguir adelante. No puedes tenerlo todo.

Me gusta la comida húmeda y la seca, pero si me
como las dos al mismo tiempo me sienta fatal y acabo vomitando. Así que elijo la que más me apetezca
en ese momento. Es importante ser honesto con lo
que quieres. Hay que vivir en el presente.

Recuerdo los preciosos momentos que pasé con Michiru. Recuerdo jugar con un ratón atado a una cuerda, saltar desde lo alto de la nevera para darle un buen susto o dormir acurrucado junto a ella. Cada uno de esos momentos fue feliz. Lo sé con tanta certeza que puedo decir que estoy satisfecho incluso ahora que vivo en este mundo.

–Los humanos os complicáis demasiado con tantas preocupaciones. La vida es mucho más simple –digo irritado.

–Tienes razón. No tiene sentido vivir con arrepentimiento.

Durante un instante me parece ver una expresión melancólica, que no esperaba, en el rostro de Nijiko.

5

No todas las personas que escriben una tarjeta en el Café Pont ven cumplidos sus deseos. Nijiko es la que decide quiénes necesitan de sus servicios y la que envía a los gatos mensajeros. Ella siempre ha recalcado que si la persona que el cliente desea ver está viva, lo mejor es que queden y propicien el encuentro sin necesidad de que nosotros actuemos. Por eso, este trabajo me tiene algo desconcertado.

—¿Es que Fumi no puede quedar con su exnovio? ¿Vive en el mundo azul?

—No, está en el mundo verde —responde, negando con la cabeza.

—Entonces, ¿por qué no va a verlo ella misma? Es lo que tú siempre dices —protesto.

No lo entiendo. ¿Por qué me ha asignado un trabajo para el que no es necesario un gato mensajero?

—Al principio yo también pensaba eso. Mucha gente pide reencontrarse con una expareja... pero, si nos hiciéramos cargo de todas esas peticiones, no daríamos abasto.

Tiene toda la razón. Nijiko me guiña el ojo y me quedo embobado mirándola. Luego, me explica por qué decidió aceptar esta solicitud.

–Resulta que un día Fumi fue a hacer la compra y cogió una bolsa de patatas. Era una de esas bolsas que llevan en la etiqueta la imagen de quien los ha cultivado. ¿Sabes a qué me refiero?

–Sí, sale la cara del agricultor y pone algo así como «Cultivado con amor».

He visto productos parecidos en casa de Michiru o durante mis investigaciones.

–Exacto. Pues da la casualidad de que el agricultor de la foto era su exnovio.

–Vaya. Entonces, ¿ahora es agricultor?

–Sí. Fumi buscó la granja en Internet y encontró la página web oficial –continúa Nijiko.

Suelto un ligero bufido al oír la palabra «móvil», aunque no puedo negar que es una herramienta muy útil para buscar o localizar a alguien. Solo hacen falta un par de clics.

–En la web encontró fotos de la granja, de los productos agrícolas y también de su familia –me explica.

Resulta que el exnovio de Fumi no solo se dedica a cultivar, sino que también hace visitas turísticas de su granja y les ofrece a los visitantes la posibilidad de participar en verdaderas experiencias agrícolas. El gato mensajero al que le habían encargado inicialmente este trabajo fue el que recopiló toda esta información.

–Por eso mismo pidió patatas gratinadas la última vez que vino –dice Nijiko.

–¿Tenéis patatas gratinadas?

Pensaba que en el café solo servían bebidas.

–Ah, ¿no lo sabías? Hiervo las patatas hasta que quedan bien suaves, las mezclo con bechamel y luego les pongo queso por encima antes de hornearlas. ¡Están buenísimas! –exclama Nijiko con evidente orgullo.

Seguro que la bechamel viene ya preparada...

Tuerzo el gesto.

–Pero, si ya sabemos todo esto, ¿cuál era el problema? El gato mensajero solo tenía que ir a la granja y conseguir que el exnovio le transmitiera un mensaje a ella.

–No es tan sencillo –dice Nijiko–. Resulta que Wataru está felizmente casado y vive con su mujer y el hijo que tienen en común. ¿Cómo va a querer transmitirle un mensaje a su exnovia? Y Fumi tampoco puede ir a visitarlo.

–La granja se puede visitar, ¿no? Cualquiera puede ir allí... Fumi podría hacerse pasar por una visitante más.

–Pero no se trata solo de verlo. ¿Tú crees que se conformaría con eso? No.

–Tienes razón.

Asiento. A mí tampoco me bastaría con ver a Michiru desde lejos, querría decirle lo que siento.

–Además, la clienta quiere que su exnovio la recuerde en su mejor momento. Cuando vivía de la música y tenía tantas esperanzas puestas en su sueño.

Al final ella eligió su carrera como cantante por encima de él. Y, aunque a día de hoy ha abandonado los escenarios y no puede evitar pensar en qué hubiera pasado si hubiesen seguido juntos, no quiere mostrarse abatida y triste.

Ahora entiendo por qué el primer gato mensajero tuvo problemas con este trabajo. Yo tampoco tengo ni idea de cómo seguir.

Suspiro y vuelvo a centrarme en Yūji, el marido de Fumi. Camina distraído sin apartar los ojos del móvil.

6

No obtengo ninguna información nueva siguiendo al marido. Como esperaba, se reúne con su amante Asuka, cenan juntos en un restaurante de lujo y luego se retiran a una habitación de hotel con vistas al mar. Lo único que averiguo es que Asuka es una actriz en ciernes y que el encargado de producir la música para su primera película es Yūji.

Es el tipo de persona que no puede evitar desear lo que no tiene. Incluso a nosotros, los gatos, que somos de zarpa fácil, no nos gustan las personas que tienen las manos largas. Y no creo que sea un hábito que Yūji vaya a cambiar, por mucho tiempo que pase.

7

Decido cambiar el objetivo de la investigación y me centro en Fumi para intentar relajarme un poco y así no tener que ir detrás de Yūji y Asuka... No lo soporto.

Sé dónde está su casa gracias al último gato mensajero. Viven en la vigesimoprimera planta de un edificio cercano a una línea de tren privada. La zona está repleta de bloques y casas espectaculares. Justo enfrente hay una vivienda en construcción y, a juzgar por la enorme pila de madera que hay en el solar, va a ser muy grande.

Alzo la cabeza para contemplar el edificio al completo y casi se me junta la cabeza con el lomo.

Es increíble. A Yūji no le debe de ir nada mal como productor.

Recuerdo la manera despreocupada con la que camina y me dan ganas de morderle. Después, me limpio el hocico con las patas.

Colarse en el edificio no es muy complicado. Espero junto a la entrada y aguardo a que alguien entre o salga, lo que deja abierta la puerta automática el tiempo suficiente para que yo entre. Espero a que no haya nadie a la vista y, de un salto, llamo al ascensor apretando el botón.

A veces alguien se sube conmigo, pero la mayor parte del tiempo nadie me presta atención. Claro está que siempre hay algún metomentodo que piensa que me he perdido y decide alertar al portero, pero, en esos casos, simplemente me escabullo antes de que puedan pillarme.

Los problemas comienzan cuando llego a la entrada del apartamento. Es normal que los edificios de este tipo no tengan ventanas que den al exterior. Por tanto, solo puedo conseguir información sentándome delante de la puerta y aguzando el oído y, si alguien vive solo o no hay conversaciones, me toca volver a casa con las manos vacías. Aun así, a veces descubro mucho de una persona gracias a lo que ve en el televisor o a qué videojuegos juega, ya que esos sonidos sí que llegan hasta la puerta. Desde el fracaso de mi primer trabajo, he ido aprendiendo y acumulando este tipo de conocimientos prácticos.

Así, observo primero los movimientos de los residentes y espero el momento oportuno para colarme. Sin embargo, al entrar en el edificio, me topo con un hombre que parece ser el conserje. Está limpiando y tiene sus bártulos desplegados por la entrada. No puedo dejar que me vea, así que espero pacientemente a que se vaya.

Tengo una idea aproximada del aspecto físico de Fumi: una mujer alta, de unos cuarenta años y con la permanente hecha. Pero esta una descripción tan genérica que podría ser cualquiera, sobre todo porque en este edificio viven cientos de personas. En las últimas horas, he visto a muchas personas entrar y salir, pero sigo sin dar con ella.

Nijiko me ha enseñado algunos vídeos de cuando Fumi era cantante. También buscó en Internet la portada de sus discos y alguna de sus canciones. Es una mujer de piel delicada y pálida y su voz es clara y suave, como una brisa primaveral. Lo primero que pensé al escucharle fue que podría dormir como un tronco con su música de fondo.

Estaba a punto de quedarme dormido cuando oigo una voz arrulladora. Sorprendido, alzo la cabeza buscándola. Es ella, ¡la he reconocido! Está hablando con el conserje, aunque su aspecto es muy diferente a las imágenes que me ha enseñado Nijiko.

Sigue siendo alta y lleva la permanente, pero ha doblado, o incluso triplicado, su peso desde su época de cantante. Su cabello, que antes era brillante, está ahora muy maltratado. Lleva mucho maquillaje y cuesta imaginar el rostro que se esconde debajo de la pintura. Por su profesión, debe de haber usado mucho maquillaje desde joven, lo que le ha estropeado la piel y ha hecho que ahora se vea obligada a maquillarse aún más para ocultarlo. Incluso a mí me agobia verla.

Sin embargo, esa voz clara y pura es indudablemente la misma. Y yo confío muchísimo en mi oído, así que estoy seguro de que se trata de ella.

Fumi saluda al conserje y hablan un poco del tiempo antes de que ella siga su camino. Me tomo un momento para limpiarme la cara con las patas y quitarme las legañas antes de comenzar a seguirla discretamente.

Parece que se le ha olvidado algo que necesita, pues se detiene en un supermercado veinticuatro horas. En estos establecimientos suelen tener una normativa muy estricta respecto a los animales; si me descubren, me echan. Así que no tengo otra que quedarme esperando cerca de los setos.

Le doy esquinazo a un perro en el aparcamiento que trata de acercarse a mí amistosamente. A través del cristal, veo como Fumi termina de pagar y luego se detiene frente a las revistas, donde puedo verla perfectamente. Las ojea.

Gracias al cristal puedo ver el titular de una de ellas: «Una plácida vida en el campo». Parece que el reportaje principal es de agricultura para principiantes. Aunque sea una revista de agricultura, dudo mucho que salga en ella el exnovio de Fumi, pero ella no puede evitarlo...

No poder dejarlo todo y convertirse en agricultora no le impide fantasear con otra vida, una manera de escapar de la realidad que la rodea. No hay nada malo en perderse en un mundo de fantasía o en algo que nos apasiona; de hecho, me parece algo muy bueno.

Pero Fumi necesita algo más, algo más apropiado y yo todavía tengo que conseguir un mensaje que le sirva de verdad.

Así que me vuelvo y me dirigió de nuevo hacia el Café Pont para conseguir un nuevo permiso de viaje al mundo verde.

8

En la caseta del guardia, cerca del puente, está el gato carey, que se acicala con elegancia. Al pasar, un poco del pelo que se le ha caído, suave y esponjoso, me hace cosquillas y estornudo.

—¡Sí que estás ocupado! ¿Un campo de patatas? Viajas más que un ministro —dice mientras ríe y mira el permiso que me ha escrito Nijiko.

—Es parte del trabajo.

Nunca antes me había interesado la felicidad de los demás, pero la satisfacción que siento al completar un trabajo es tal que no puedo describirla con palabras.

Recuerdo que el padre de Michiru solía decir que «la cerveza después del trabajo sabía mejor». Imagino que debe de ser algo parecido a lo que siento yo. Además, no está nada mal ver la cara de felicidad del cliente al final. Aunque no sé si es eso lo que le da sentido a lo que hago…

—¿Cuántos trabajos has completado ya con éxito? —me pregunta el guardia.

–Tres. Bueno, serán tres cuando acabe con este –respondo mientras él termina de guardar mi permiso en la caseta.

Los primeros dos trabajos fueron como la seda, pero todo se ha ido complicando. Ahora que lo pienso, Sky, el gato mensajero que conocí frente al Café Pont, ya me advirtió de que los trabajos se volvían más difíciles con el tiempo. El éxito de esta tarea dependerá de si puedo o no obtener un mensaje adecuado de Wataru.

Al pensarlo, los bigotes se me erizan y me estremezco como si estuviese a punto de entrar en combate.

9

Tras la ligera cuesta del puente, se abre ante mí un extenso campo.

Mientras disfruto del aire fresco y me estiro, cruzo la mirada con otro gato. Me mira desde dentro de su transportín marrón, con las pupilas de sus ojos verde esmeralda muy dilatadas. Su dueño, que lleva una maleta roja, está ocupado consultando un mapa, probablemente buscando la dirección correcta.

–¿Eres de por aquí?

El dueño está tan absorto en el mapa que no parece haberse percatado de que su gato está hablando conmigo. Solo deja el transportín en el suelo y le dice que espere un poco.

–No, estoy aquí por temas laborales –respondo ambiguamente al gato, que parece que lleve un antifaz de pelo negro sobre el pelaje blanco.

No sé hasta qué punto puedo hablarle a un gato del mundo verde de mi trabajo.

–¿Eres un gato mensajero?

Su pregunta me sorprende. Quizá sepa más de lo que parece.

Comenzamos a charlar y descubro que se dedica a acompañar a su dueño mientras viaja por todo el país abriendo cafés ambulantes.

Creo que un gato como él sería un gato mensajero excelente, pero ahora mismo está demasiado ocupado con su trabajo en el mundo verde, así que tardará en llegar al mundo azul. Además, resulta que lleva consigo el alma del bisabuelo de su dueño.

Casi se me olvida que en el mundo verde también hay gente de todo tipo. ¡Qué difusa es la frontera entre ambos mundos! Al final, la única conclusión que saco es que quiero ver a Michiru cuanto antes.

10

Es época de cosecha en la granja. Un tractor cargado de patatas avanza a buen paso por el huerto. No debe de ser temporada alta para los turistas, pues no hay nadie realizando una visita.

–¡A almorzar! –oigo la potente y enérgica voz de una mujer al otro lado del campo.

Lleva un peto vaquero y una camiseta blanca de algodón. La piel, bronceada por el sol y sin maquillar, reluce incluso estando tan lejos. Debe de tener la misma edad que Fumi, pero la diferencia entre ellas es abismal.

A su lado hay un niño pequeño con edad de ir al colegio. Va vestido a juego con su madre y saluda a alguien con la mano.

–Hoy tenemos croquetas de maíz, tus favoritas.

–¡Oh! ¡Qué bien!

Un hombre baja del tractor y se acerca a la mujer y el niño con los brazos en alto.

–Hace un día estupendo. ¿Por qué no comemos fuera?

—¡Claro!

Oigo cómo sus risas se entremezclan hasta que se vuelven una sola.

Con este panorama veo muy difícil poder transmitir un buen mensaje para Fumi. No me extraña que el gato mensajero anterior tuviera tantos disgustos.

Había pensado que aquí encontraría algo que me permitiría avanzar, como por ejemplo unos viejos discos de la época en la que Fumi era cantante. Quizá él los vería, y el recuerdo y la nostalgia le harían recordarla con palabras bonitas, pero parece que en esta familia no hay espacio para el recuerdo de una exnovia de la universidad.

Esto es misión imposible…

Aprovecho que estoy en la granja y decido ir a dar una vuelta. No me apetece mucho comer patatas crudas y las hojas tampoco parecen muy apetitosas. Encuentro unos insectos chiquititos y jugueteo un poco con ellos, pero tampoco me entretienen mucho rato. A los gatos nos gustan más los lugares pequeños y acogedores que los espacios abiertos.

Justo cuando voy a irme con el rabo entre las piernas, mi oído, tan agudo como siempre, capta una conversación entre padre e hijo:

—Las patatas más rugosas son las que están más buenas, ¿verdad, papá? —El hijo señala las patatas recién cosechadas.

—Exacto. Mira, fíjate bien.

El padre se sienta en el suelo y le explica con paciencia las diferencias entre los diferentes tipos de patatas.

—Entonces, ¿estas están casi listas para cosechar? —pregunta emocionado el hijo.

—¡Eso es! ¡Qué listo eres! —responde el padre con una sonrisa en la boca y echándose hacia atrás, con los ojos entornados y una expresión de orgullo.

Siguen conversando y decido el mensaje perfecto para Fumi. Lo guardo tan celosamente como si de un alma se tratase. Mientras lo hago, no puedo evitar pensar en lo bueno que es contar con una familia que te quiere.

Es verdad que Michiru y yo no compartimos un vínculo sanguíneo, pero tanto ella como papá y mamá me han tratado siempre como a un miembro más de la familia. Puede que todo fuese cosa del destino.

Este niño heredará la granja algún día. Las patatas, cultivadas con esmero, viajarán hasta los supermercados, donde personas que no han visto jamás este campo las comprarán sin ser conscientes de todo el esfuerzo que se ha hecho para que lleguen hasta ellos. Esta gran cadena de acontecimientos me resulta increíble.

El aire fresco me acaricia y me invita a reflexionar: tal vez seamos nosotros mismos quienes nos ponemos nuestros propios límites. A fin de cuentas, la vida está para vivirla con libertad.

11

Hoy el edificio parece perforar el cielo azul como una aguja. Vine ayer y también anteayer. De hecho, llevo casi una semana acudiendo sin faltar a mi cita.

Fumi sale casi todos los días, después del mediodía, para hacer la compra. Entra en dos supermercados cercanos y, a veces, se detiene en la farmacia. Por lo que he observado, es raro que salga de casa para algo que no sea hacer la compra. Tampoco he visto a su marido Yūji ni una sola vez. Quizá vuelva tarde del trabajo, esté con su amante o simplemente ya no viva con Fumi.

Mi horario de trabajo es algo caótico. A veces vengo por la mañana, otros días por la tarde hasta que me entra hambre y decido volver. Existe la posibilidad de que Fumi haya salido para hacer algo más que comprar sin que yo la haya visto o de que su marido haya vuelto a casa mientras yo no estaba.

La obra de enfrente va tomando forma poco a

poco. Desde el rincón en el que estoy escondido, tengo una vista privilegiada del edificio. No puedo negar que este hueco me parece muy acogedor, y puede que por eso mismo esté alargando mi estancia más de la cuenta... Pero debo ser responsable y actuar cuanto antes o, de lo contrario, el mensaje que llevo perderá frescura. Ya han pasado casi diez días desde mi visita a la granja y mi memoria empieza a fallar.

Desde que comencé la investigación, me he dado cuenta de que Fumi fantasea con la idea de vivir en una granja y que ese deseo se hace más fuerte día a día.

En una ocasión me fijé en que, de la bolsa de la compra que llevaba, asomaba otra bolsa con varios kilos de patatas. No me cabe duda de que provenían de la granja de Wataru. Y cada vez compraba más cantidad. Al principio fueron dos bolsas, al día siguiente tres y ayer la vi cargando con un total de siete u ocho.

Y no solo eso. Cada tres días le llegan paquetes por correo. La empresa de reparto tiene por logo un gato y parece que simpatizan con los felinos. A veces, cuando me acerco, los repartidores me muestran el tique de entrega o me guiñan el ojo. No creo que sepan de la existencia de los gatos mensajeros, pero puede que noten, de manera inconsciente, que estamos metidos en el mismo negocio. Cuando me cuelo en la furgoneta de reparto hacen la vista gorda y yo se lo agradezco, pues me resulta muy útil para las investigaciones.

Gracias a estos repartidores, he descubierto que los paquetes que le llegan a Fumi provienen también de la granja de Wataru. En una ocasión, me acerqué cuando estaban descargando y el conductor inclinó la caja de cartón lo suficiente para que pudiera ver la etiqueta de envío. Puede que fuera pura coincidencia, pero me gusta pensar que fue un acto de amabilidad por su parte. La granja de Wataru no solo vende al por mayor y a supermercados, sino que también tiene venta directa al público por Internet. Fumi debió de descubrirlo al entrar en la página web y, desde entonces, hace pedidos recurrentemente, cada dos por tres. Lo curioso es que todos están a nombre de su marido, así que dudo que Wataru sepa que el pedido es para ella.

Tal vez Fumi crea que de esta manera está apoyando a Wataru en secreto, pero la situación empieza a ser preocupante. Su marido no vive con ella y no tiene hijos. Es imposible que ella sola pueda comer toda esa comida… A estas alturas, debe tener la cocina a rebosar de patatas y otros productos agrícolas.

—Menudo panorama —digo, chasqueando la lengua.

Si esto sigue así, no sé qué va a ser de ella. Cada vez está más metida en su fantasía. Debo apresurarme y entregarle el mensaje de Wataru antes de que sea demasiado tarde.

Sin embargo, a pesar de que me paso todos los días en la obra esperando una oportunidad para transferir el alma con el mensaje, el momento adecuado nunca llega. He pensado en transferírsela a alguno de sus vecinos, pero Fumi apenas interactúa con ellos. La verdad es que no interactúa con nadie. Encima, el conserje odia a los gatos. Los repartidores podrían haber sido una buena opción, pero están demasiado ocupados y no he conseguido rozarlos con la cola.

Tengo que hacerlo hoy, pero no se presenta la oportunidad idónea.

El sol brilla en mi rinconcito. Flotan por el aire virutas de madera y, mientras miro cómo revolotean, empieza a entrarme sueño.

Ya se sabe que las cosas de palacio van despacio, por lo que busco un buen lugar para dormir. Justo cuando estoy a punto de acurrucarme, me fijo en una gran tabla de madera que se encuentra apoyada junto a mí. En el centro de la tabla hay un agujero, pero no parece hecho a propósito, más bien me da la impresión de que se formó al cortarla.

¡Es ver un agujero y que me entren ganas de meterme por él! Es algo que nos pasa a todos los gatos. Si nos cabe la cabeza, sabemos que cabemos enteros. Mi esbelta figura no tiene ningún problema para entrar por el agujero, así que meto la cabeza y cruzo.

Ya no tengo sueño.

Ahora voy de un lado a otro de las tablas hasta perder la noción del tiempo.

En una de estas idas y venidas veo de pronto que Fumi sale del edificio, por lo que me vuelvo a centrar inmediatamente en el trabajo. Cuando me dispongo a salir por el agujero me quedo un poco atascado, pero me muevo y consigo salir sin problemas. Estoy tan alterado que, sin querer, tengo la cola inflada y acumulo el alma en ella. Justo en el momento en el que salgo del agujero, toco la tabla con la cola...

¡No! ¡Le he transferido el alma a un estúpido trozo de madera!

Se acabó. Una vez traspasada el alma, ya no hay forma de recuperarla. Tendré que volver a la granja para conseguir otro mensaje.

Mientras me culpo por haberme dejado llevar, no puedo evitar quedarme mirando a Fumi, quien camina sin tener ni idea de lo que acaba de suceder.

—¡Trae las tablas de madera a la pared! —grita el capataz de la obra.

—¡Voy! —responde un carpintero joven que levanta justo la tabla con la que estaba jugando hace nada.

En esa tabla está el alma de Wataru, pero no hay nada que hacer. Ya se la han llevado.

Justo en ese momento, Fumi pasa por delante de la obra. Me emociono, esperanzado, al pensar en que quizá toque la tabla de algún modo…

Pero el capataz de la obra exclama de pronto:

—¿Qué es esto? ¿Una tabla llena de agujeros? ¡Igual que tu cerebro, cabeza de chorlito! —Luego ordena al carpintero que le lleve otra.

—¿Cómo que igual que mi cerebro? —pregunta el carpintero, rascándose la cabeza.

—Si me has traído una tabla así, o tienes el cerebro como un queso gruyer o estás completamente ciego.

Al oír la conversación, levanto las orejas, expectante.

Fumi se ha parado en un semáforo y también está escuchando la conversación. Tal vez le haga gracia la situación o se pare a observar la obra con atención, ya que no deja de mirarla.

—Jefe, no sea cruel. Veo perfectamente.

—¿Cómo? —pregunta el capataz sorprendido.

—Tengo buen ojo porque trabajo para usted. Pensé que, si empezaba aquí, me convertiría en un buen carpintero. Lo respeto muchísimo, ¡en serio! —responde con entusiasmo.

—¡Deja de hacerme la pelota y ponte a trabajar! —grita el capataz, moviendo las manos con tanta brusquedad que hasta yo me asusto.

—Tengo buen ojo, de verdad —insiste el carpintero, que empieza a marcharse, riendo, hacia el almacén que da a la calle principal.

–Entonces, ¿qué? –pregunta el capataz de la obra–. ¿Tienes acaso un ojo especial para los triunfadores?

–No sé si son todos triunfadores, pero estoy seguro de que son felices.

–Qué confianza. Entonces, ¿este proyecto también saldrá bien y terminaremos la casa a tiempo?

–Ah, yo de plazos no sé nada –responde en un tono más bajo.

Una brisa suave me eriza los bigotes. Es la misma que sentí en la granja de Wataru.

–Vamos, arriésgate –dice el capataz entre risas.

El joven carpintero mira hacia la calle y vuelve a murmurar claramente:

–Estoy seguro de que las personas que vivirán aquí serán felices. Porque tengo muy buen ojo.

Luego, se carga la tabla al hombro y comienza a caminar.

–¡Aúpa!

El joven trastabilla y se ríe. Fumi abre los ojos de par en par.

El capataz ya no lo escucha porque está ocupado y lo único que se oye es el rítmico sonido de las herramientas.

El semáforo está en verde, pero ella se queda petrificada en el sitio. Sé que he oído esa coletilla antes, cuando escuché la conversación de Wataru con su hijo en la granja. Estaban hablando sobre los brotes de los árboles:

–Papá, ¿los brotes que plantas siempre crecen bien?

Para el niño, su padre era todo un héroe.

–Eso creo. Verás, tu padre tiene muy buen ojo. ¿No ves que conseguí conquistar a una mujer tan maravillosa como mamá? ¡Aúpa! –Y levantó a su hijo en brazos para que pudiera mirar a su madre, que salía de la casa con una bandeja de té–. Estoy seguro de que todas las personas a las que he conocido son felices. Eso es lo que elijo creer.

Frente a la obra puedo ver claramente el reflejo de Fumi. Parece agotada y luce mucho mayor de lo que realmente es. Lentamente se lleva la mano derecha a la mejilla, como si quisiera detener las lágrimas que amenazan con brotar de sus ojos.

En un escaparate cercano, hay un anuncio de un recital de piano, que se celebrará en un centro público dentro de poco. Fumi lee el cartel despacio. Tal vez eso podría ser una nueva oportunidad, un comienzo. Quizá, si se anima, podría colaborar con el pianista para dar un concierto. Después de todo, fue cantante profesional. Podría comenzar a dar clases de canto en su casa o en alguna institución comunitaria.

Encontrará una manera de vivir con orgullo y lo logrará con sus propios medios, sin avergonzarse por su pasado. Se divorciará y tomará decisiones por sí misma. Trabajará en el presente y en el futuro, sin dejar que el pasado la arrastre.

Pero esto no es algo que me corresponda a mí decidir.

Estoy seguro de que ella misma encontrará el camino adecuado.

12

—Ha sido muy difícil, pero podemos darlo por terminado.

Nijiko me estampa la pata sobre el registro de mis trabajos completados. ¡Ya tengo tres sellos!

Sin embargo, hay una cosa que todavía no le he contado.

Antes de volver del edificio de Fumi, hice una parada en la empresa en la que trabaja su marido. Al salir del trabajo, al anochecer, Yūji estaba distraído con el móvil, como de costumbre. No me sorprendió ver cómo se encontraba con su amante, Asuka.

Los seguí hasta la puerta del hotel y, justo cuando iban a entrar, me alivié sobre su traje, que además parecía carísimo. Con aliviarme me refiero a que le oriné encima.

Yūji se sorprendió por la repentina sensación de calor, pero fue Asuka quien reaccionó de inmediato.

—Uff. ¿A qué huele? —preguntó.

—¿Huele raro? —A Yūji ni se le pasó por la cabeza que él mismo pudiera ser el origen de aquel olor.

Asuka se tapó la nariz y puso mala cara.

–Huele fatal. Me están dando ganas de vomitar… mejor hoy me voy a casa.

Y, sin mirar atrás y aún con cara de desagrado, se marchó como si estuviera huyendo. Yūji trató de seguirla, pero su traje mojado le dificultaba el movimiento y casi cayó en el intento.

Yo observé el espectáculo desde unos arbustos cercanos. Aún me duele el estómago de la risa solo de recordarlo.

13

El interior del Café Pont se sume siempre en un largo silencio después de que se marche un gato mensajero.

Nijiko está sola. Está terminando de guardar la cubertería mientras cavila sobre cómo ha ido el día.

–Me pregunto si hoy todos habrán podido ver a las personas que querían…

A pesar de las dificultades, los gatos mensajeros se esfuerzan todos los días en cumplir con el trabajo. Incluso los más nuevos aprenden y mejorar con el paso del tiempo.

Cada día, el buzón de la cafetería se llena con decenas de solicitudes.

–¿Qué más tengo que hacer para que me perdones? –se pregunta en voz alta.

Y se pregunta también si algún día podrá perdonarse a sí misma.

Las brasas de la chimenea están a punto de apagarse. Nijiko se apresura y termina de recoger y limpiar.

Capítulo 4

El gato mensajero
disfruta en el patio del colegio

1

Tōru Ochiai está sentado en una silla plegable sobre la tarima de su aula, la de los alumnos de quinto de primaria y de quienes es tutor. Aunque los estudiantes ya se han ido a casa, el aula aún conserva una especie de eco de la reciente actividad.

La chaqueta de punto que lleva sobre la camisa está desgastada por los codos y llena de bolitas. Es normal, ya que la lleva usando desde que comenzó a trabajar como profesor. Dentro de poco hará veinte años que imparte clases.

Se pasa suavemente una mano por el cabello. Desde que cumplió los cuarenta años, acumula cada vez más canas.

2

De eso hace ya dos semanas.

Ahora estoy holgazaneando frente al Café Pont con Sky, mi compañero de trabajo. Aunque no haya nadie dentro, sé que a Nijiko no le gusta que entremos mientras está abierto al público, por lo que normalmente me suelo quedar fuera, durmiendo la siesta o jugando con Sky, que hoy ha venido porque tiene un asunto que tratar con ella.

Él ya ha completado sus cinco trabajos y ha podido reencontrarse alegremente con la persona a la que quería ver. Su pelaje brilla muchísimo más que la última vez que lo vi, así que quizá la persona con la que se reunió vive cerca de la costa y le ha dado un montón de manjares. Seguro que se trata de alguien de su vida pasada, en el mundo verde. Puedo saber todo eso solo por sus maullidos de felicidad.

Hoy ha venido al Café Pont para despedirse, ya que, teóricamente, su trabajo como gato mensajero ha terminado.

–¿Y ahora qué harás? ¿Vas a seguir como gato mensajero? –pregunto.

–Primero voy a descansar una temporada y luego ya veré qué hago –responde con calma.

Hay una pregunta que lleva tiempo rondándome por la cabeza, así que se la hago:

–¿Por qué Nijiko se dedica a esto?

Nijiko pertenece al mundo humano, el mundo verde, pero por algún motivo que desconozco se dedica a hacer de intermediaria entre su mundo y el mundo azul, es decir, el más allá.

–Me parece que lo hace porque se siente culpable por algo que le ocurrió a su gato. Como cree que tiene una deuda que pagar, contrata a gatos como nosotros –me cuenta Sky.

Parece que son rumores que ha oído de otros gatos mensajeros.

–Los gatos solo necesitamos que nos cuiden para ser felices. No sé qué le habrá pasado, pero estoy seguro de que no tiene por qué preocuparse tanto.

–Los humanos siempre están preocupados por algo. ¿No sería mejor disfrutar del presente en vez de malgastar el tiempo estresándose?

Dicho esto, Sky alza una pata y me ataca. Está bromeando, así que yo no me quedo atrás y me defiendo. La intensidad del juego va *in crescendo* y, en un momento, Sky se aleja un poco para luego abalanzarse sobre mí. No quiero ser menos y le devuelvo el golpe.

Gritamos, gruñimos y maldecimos, como si estuviéramos enzarzados en un combate de lucha libre. Si alguien nos observara, tal vez pensaría que se trata de una pelea de verdad, pero, para nosotros, esto es solo diversión pura y dura. A veces nos dejamos llevar y nos arañamos o nos hacemos una pequeña herida, pero no es nada que un par de lametones no puedan curar.

Por la tarde, después de un buen rato de ejercicio, Sky y yo descansamos, satisfechos con nuestra jornada. Oigo a Sky respirar profundamente, sumido en el sueño.

Justo cuando yo también voy a acurrucarme para dormir, veo a dos hombres subiendo la colina hacia el Café Pont.

—Café Pont…, *pont* en francés significa «puente». ¿Entramos? —dice uno de ellos.

Parece que están buscando un lugar donde pasar el rato.

No sabía que *pont* quería decir eso. Me encantaría contárselo a Sky, pero está roncando.

Los dos hombres tienen pinta de empresarios y treintañeros. El que ha hablado es el más bajo y lleva pantalones de algodón y una chaqueta, mientras que el otro viste de manera más informal, con unos vaqueros y un jersey negro de cuello alto. Ambos asienten y entran en el café.

Pierdo las ganas de dormir de inmediato y me asomo por la ventana. Recuerdo que una vez, mientras esperaba a que cerrara, me quedé afuera sin prestar atención al interior y después recibí una buena reprimenda.

Pero hoy no. Estoy atento para no perderme la conversación que tiene lugar dentro del café. Puede que hasta esté madurando un poquito...

—Bienvenidos —les saluda Nijiko.

Los hombres se sientan y uno pregunta:

—¿Servís cerveza?

«Pues claro que no», me gustaría poder contestar, pero Nijiko me contradice con un tono de voz muy animado:

—Pues claro que sí.

No me esperaba esa respuesta. ¡No tenía ni idea de que en el Café Pont servían alcohol! Mientras me recupero de la sorpresa, oigo a Nijiko servir las cervezas y las voces alegres de los hombres al brindar.

—En estos lugares es imposible emborracharse como es debido —dice el hombre de la chaqueta.

—Me alegra que hayamos venido. Gracias por invitarme —responde el del jersey de cuello alto.

—¿Quién lo diría? Kawase tiene un hijo, ¡menuda sorpresa! —comenta el primero.

—Sí, ha crecido mucho.

—Cuando estábamos en el colegio era el más alto y flacucho, y ahora parece que le va a explotar el traje de tanto músculo.

Escucho la conversación tratando de darle sentido a todo lo que dicen.

Al parecer son viejos amigos del colegio y no sentían que hubieran bebido ni hablado lo suficiente, así que decidieron hacer una parada aquí.

—Qué pena. Me hubiera gustado ver hoy a Emi.

—¿Emi Hoshina? Siempre estuviste colado por ella. En este tipo de reuniones puede surgir la chispa del amor, pero el organizador, Hosokawa, me dijo que hoy estaba muy liada con el trabajo.

—Vaya. Ojalá pudiera volver a verla.

Se me erizan los bigotes al escuchar eso, pero al parecer no soy el único que reacciona.

—¿Has dicho que te gustaría volver a verla? —interviene Nijiko.

—Sí. Fuimos compañeros de clase en el colegio y hoy hemos tenido una reunión de antiguos alumnos para celebrar que hace quince años nos graduamos —explica el bajito.

—Suena divertido. —La voz de Nijiko es alegre.

—Lo que pasa es que él está molesto porque no ha podido ver a la chica que le gustaba —explica el hombre del jersey de cuello, un poco exasperado.

—Así que eso es lo que querías decir con «volver a verla».

Nijiko ha comprendido la situación, por lo que decide entregarle una de las tarjetas.

—Entonces, si escribo que quiero ver a Emi Hoshina, ¿podré volver a verla de verdad? —pregunta el hombre evidentemente emocionado.

—Quizá —responde Nijiko con calma—, pero recuerda: esto es solo una tarjeta. Además, ya sabes que podrías reencontrarte con ella si lo quisieras de verdad.

–No sería tan fácil, no la encontraría así como así...

El hombre mira a su amigo en busca de apoyo.

–Podrías pedirle su número a Hosokawa.

–Bueno, sí, pero...

–Si de verdad quieres volver a verla, deberías hacerlo –dice Nijiko tajante.

–Ya...

Parece que se ha desanimado un poco o, tal vez, al imaginarse el encuentro, los nervios se han apoderado de él, porque su respuesta ha sonado como un suspiro.

–Pero la verdad es que realmente quiero volver a verla... –dice mientras escribe el nombre en la tarjeta.

Cuando Nijiko vuelve de la cocina, quien habla ahora es el hombre del jersey de cuello alto.

–Para mí sería Tōru Ochiai.

–¿Nuestro antiguo tutor? ¡Pero si acabas de verlo!

–En realidad, he venido a la reunión con la intención de hablar con él y decirle cuatro cosas.

–¡¿Por qué?! –exclama el otro, muy sorprendido.

–En el colegio no destacaba mucho. Tú y yo éramos amigos, pero...

–Ya me acuerdo. Hosokawa, que sacaba muy buenas notas, y Onōe, esa chica tan guapa, eran los que se llevaban toda la atención del profesor. Hoy en día los padres no lo permitirían, pero antes era normal que los maestros mostraran favoritismo por ciertos alumnos.

—No es que nos hablara mal o nos castigara… no es eso. Es que hay una cosa que todavía no le puedo perdonar —dice el hombre del jersey de cuello alto.

Se refiere a algo que sucedió cuando estaban en el segundo trimestre de sexto de primaria.

En aquel momento, la mayoría de los niños planeaban seguir sus estudios en un instituto público de la zona, pero algunas familias adineradas o con padres muy preocupados por la educación de sus hijos preferían que estos se prepararan para los exámenes de ingreso de los institutos privados. De hecho, Onōe era una de las que deseaba entrar en un instituto privado.

—Mis notas eran bastante normalitas, pero siempre se me dieron bien las matemáticas —continúa el hombre.

—Es verdad, siempre me ayudabas con los deberes.

—Sí, te hice un montón de ejercicios —dice mientras una sonrisa se forma en su rostro.

Los dos ríen al recordar el pasado.

—No me importaba mucho cómo me iban las otras asignaturas, pero en matemáticas nunca saqué menos de un sobresaliente.

—¡Era impresionante! Yo recuerdo que mis padres

no eran muy exigentes, así que, mientras no suspendiera, estaban satisfechos –comenta su amigo.

–Oye, ¿cómo te va el negocio familiar?

El hombre más bajo había heredado el negocio de sus padres: un concesionario de coches. Se dedica a la venta de automóviles extranjeros, por lo que cuenta con una clientela acaudalada.

–Las notas empiezan a contar para el expediente de ingreso al instituto a partir del segundo trimestre de sexto curso. Ya sabes que se rumoreaba que los profesores les ponían mejores notas a los alumnos que iban a examinarse para entrar en institutos privados –sigue el hombre del jersey.

–Sí, me acuerdo de esos rumores. Pero no es seguro que nuestro profesor…

–Esa fue la única vez que mi nota pasó de sobresaliente a notable. Me quedé de piedra. Había hecho todos los deberes y mis exámenes fueron habían ido como siempre. Recuerdo perfectamente a Onōe, tan directa como siempre, gritando contentísima: «¡He sacado un sobresaliente en mates!». Después le dio las gracias al profesor, claramente haciéndole la pelota. Nunca olvidaré la cara de Tōru en ese momento. Parecía tan orgulloso de sí mismo, como si pensase: «Mírame, soy un profesor que se preocupa por sus alumnos». –El hombre hace una pausa y continúa–: Claro está que no sé si mis sospechas son ciertas. Quizá ese trimestre lo hice peor de lo que pensaba, pero aún así me duele. Así que, ahora que parece que las cosas me han ido bien y he tenido cierto éxito, quería recriminarle en persona lo que hizo.

—Yo estoy muy orgulloso de ti y de ser tu amigo.

—Muchas gracias. Lo que pasa es que cuando fui a hablar con él en su momento, ni siquiera se acordaba de mí. Me quedé mudo y no fui capaz de decirle nada. Menuda decepción. —Se ríe secamente y añade—: Me gustaría volver a verlo con la mentalidad que tengo ahora.

—Tiene sentido. He oído que ahora trabaja en el colegio Matsushiba. Sería increíble si pudieras ir y hacer que tu yo pequeño le diera una lección. ¡Estaría muy bien! —exclama entre risas el más bajito y se gira hacia la cocina—. ¡Eh, señorita!

Creo que ha bebido de más, ya que cuando llama a Nijiko, su voz suena un tanto pastosa.

—Eso es imposible. Aquí no contamos con una máquina del tiempo —dice Nijiko tajantemente.

Debe de haber oído la conversación.

—Vaya, qué pena —responde el hombre y le da una palmadita de consolación a su amigo.

—A veces no es necesario que se de una situación de acoso escolar ni que haya padres estrictos o profesores abusivos para que un niño salga herido. Incluso cosas tan pequeñas como la que comentaba pueden hacerle daño a una criatura. El hecho de que ni se acuerden de ti... Si él pudiera ser consciente de eso, aunque fuera por un momento, tal vez habría la posibilidad de que menos niños tuvieran que pasar por lo mismo.

–Tienes razón. Ahora has hecho que me pregunte si estaré tratando igual a mis empleados.

–¿Acaso tienes muchos empleados? –se burla cariñosamente su amigo.

–Bueno, aunque trabajan para mí, la mayoría llevan ahí desde la época de mi padre, por lo que a veces siento que ellos son mis jefes. No me gusta decirlo porque eso hace que me sienta estúpido y vulnerable, pero ahora, tras escucharte, me has dado en que pensar.

Parece decidido a cambiar su actitud.

–Si mi experiencia ha sido lo que te ha motivado, tal vez debería darle las gracias incluso a nuestro antiguo tutor –concluye el hombre del jersey, antes de terminarse lo que le queda de la cerveza de un trago.

3

—Y bien, ¿qué te parece? —me pregunta Nijiko mientras lava los vasos de los clientes,
que ya se han ido.

—El que quería ver a su antiguo amor del colegio
no merece la pena. Si quiere verla, que quede con
ella.

De hecho, mientras escribía el nombre de la mujer en la tarjeta lo he oído murmurar que, si lo de
los gatos mensajeros no funcionaba, iría a buscar-
la él mismo. Por su propio bien, creo que lo mejor
sería que Nijiko no lo eligiera.

—No me refería a él —dice ella mientras despliega
las tarjetas sobre la mesa.

—Ah, ¿hablabas del que quería volver a ver a su
tutor? Pero antes le has dicho que no tenías una
máquina del tiempo, ¿no?

—Claro que no. No se puede volver atrás en el tiempo, pero la situación me da rabia.

Estoy de acuerdo.

El profesor del que hablaban los dos hombres,

Tōru, parece el tipo de persona que actúa más en su propio beneficio que por el bien de los estudiantes. Me gusta tan poco como me gustan los bichos. Ese tipo de personas me parecen tan desagradables como los insectos.

—Fūta, en este trabajo tendrás que usar la imaginación.

—Pero… aunque me digas eso… —digo dubitativo.

Nijiko me pone delante la tarjeta.

Leo el nombre del cliente, Susumu Hirose, y entonces me fijo en el reverso:

Quiero volver a ver a Tōru Ochiai, profesor del colegio Matsushiba, y dejarlo sin palabras.

Me acerco a la tarjeta y la olfateo.

—Todavía noto su presencia en la tarjeta.

Nijiko alza la cabeza.

—¿Por qué no te llevas este trocito de alma de Susumu? Has oído el mensaje que tenía que dar, así que podrías entregarla.

—¿Te refieres a llevar el alma del cliente a la persona a la que quiere ver?

—Exacto, y luego se la puedes transmitir a alguien. Justo al revés de como lo solemos hacer.

¿Eso es posible? Intento imaginármelo.

—Pero, si hago eso, el cliente no podrá encontrarse con su profesor Tōru.

—Así es. Pero esta vez lo estamos haciendo porque

queremos aliviar la frustración de Susumu. Una iniciativa propia, sin que él lo sepa.

–¿Y no pasa nada si el mensaje no consta de las palabras exactas de Susumu? –pregunto para cerciorarme.

Nijiko asiente.

Según ella, Susumu ha triunfado en la vida y ya ha superado su frustración infantil, así que estará bien. Este solo sería un trabajo por placer, extracurricular.

–Lo importante es conseguir que Tōru se dé cuenta de sus errores y reflexione, aunque sea solo un poquito.

Parece que está contenta de haberme encargado este trabajo. Continúa revisando las tarjetas y, después de un largo rato, murmura:

–Vaya…

Se detiene un segundo y abre los ojos, sorprendida. Hasta se le escapa la risa.

–¿Qué pasa?

Trato de leer lo que pone, pero Nijiko me lo impide.

–No. Tengo que respetar la privacidad de los clientes –dice mientras esconde la tarjeta con una sonrisilla.

–¡Si lo escondes solo harás que tenga más ganas de saber qué es!

Los gatos somos así. Un trozo de cuerda que asoma desde detrás de una estantería o un tique arrugado escondido tras una cortina son cosas irresistiblemente atractivas para nosotros.

Mientras me quejo, Nijiko añade:

–Fūta, céntrate en lo que tienes pendiente. Esta vez no es una solicitud directa de un cliente, pero no te preocupes. Un trabajo es un trabajo y, si lo haces bien, contará como otro sello en tu registro de tareas completadas.

Me parece bien, así que sé muy bien cuál es mi siguiente parada.

Me dirijo al colegio Matsushiba en busca de su antiguo profesor, Tōru Ochiai.

4

Al pie del puente, el gato carey que está de guardia tiene una expresión de lo más extraña. Ni siquiera se percata de mi presencia cuando me acerco a la caseta, así que lo llamo. Quizá se encuentre mal.

–¡Ey!

–Ah, ¡el gato mensajero!

Coge mi permiso con brusquedad. A pesar de que trata de comportarse como un tipo duro, le moquea la nariz.

–¿Qué sucede? ¿Has estado llorando?

–Cállate –me espeta, antes de quedarse en silencio.

–Puedes contármelo. ¿Qué ha pasado? –le pregunto preocupado.

–Cuando trabajas aquí, te encuentras con todo tipo de personajes.

Este lugar es una frontera entre los dos mundos. Él es el encargado de controlar a los que van y vienen de uno a otro.

–Y, entonces… ¿cómo decirlo? Ves el lado humano de las cosas. Es bastante interesante. –Se rasca detrás de la oreja con una de sus gruesas patas y además lo hace con sorprendente destreza–. ¿Hoy te toca ir a una escuela? ¿Tienes que entregar el mensaje de un niño?

Ya centrado en el trabajo, el gato carey revisa el permiso escrito a mano por Nijiko.

–No, no es eso. Busco a un profesor, pero esta tarea es un poco diferente.

Los gatos mensajeros tenemos la obligación de mantener la confidencialidad. No puedo compartir los detalles de los trabajos que tengo asignados, ni siquiera con él.

–Si completas este trabajo con éxito, ¿cuántos llevarás ya?

–Cuatro.

–¿Tantos? ¡Cada vez estás más cerca de la meta!

La manera en la que lo dice me recuerda a un entrenador que ve cómo progresa su pupilo.

–¿Tú no tienes a nadie a quien te gustaría ver? –le pregunto, aprovechando que por primera vez la conversación entre nosotros parece fluir.

–Soy un gato solitario. A diferencia de ti, que has sido un gato mimado, yo he sido toda mi vida un gato callejero. Tuve que hacer cosas desagradables para sobrevivir.

No me puedo ni imaginar la vida de un gato callejero: soportar la lluvia y el frío, superar cualquier adversidad…

Al ver que me he quedado callado, me mira con ojos penetrantes y continúa:

—Pero al menos fui libre. No sientas pena por mí.

Me intimida un poco, pero le escucho atentamente mientras sigue hablando, perdido en el recuerdo de otros tiempos.

—Durante un tiempo tuve un refugio, pero los niños de la zona hacían un ruido de mil demonios.

—Lo comprendo, yo también sé lo que es estar harto de las voces de los niños—. Pero todas las tardes alguien me dejaba algo de comida, por eso terminé quedándome en ese lugar.

—¿Eras un gato callejero al que cuidaban todos los vecinos del barrio? —le pregunto, recordando algunos de los que conocí cuando vivía con Michiru.

—No lo sé. No estoy seguro porque nunca me interesó de dónde venía la comida. A mí solo me importaba poder comer. Pero un día, vi que no me habían dejado nada.

—¿Y qué hiciste? ¿Esperar?

—Aunque era un gato callejero, me había acostumbrado a comer a la misma hora todos los días. Pero tengo poca paciencia y no aguanté la sensación de estar hambriento, por lo que no tuve más remedio que dejar ese refugio y buscar otro lugar para poder sobrevivir —continúa impávido—. Así es la vida.

—Debe de haber sido difícil —digo sin pensar.

—Te he dicho que no te compadezcas de mí. No

soy de los que se quedan mucho tiempo en un sitio –afirma, recalcando su independencia.

No estoy seguro de si habla en serio o solo lo dice para hacerse el fuerte.

–Pero tiempo después, otro gato, un buen amigo mío que solía patrullar por la zona, me contó algo –añade–. No sé si fue una familia o algún vecino del barrio, pero el caso es que habían llamado a un refugio de animales para que fuesen a por mí ese mismo día.

–¿Te refieres a que…?

–Sí. Me iban a capturar y sacrificar.

Lo dice con tanta naturalidad que se me encoge el corazón.

–Entonces, qué suerte que decidieras marcharte antes y buscar otro lugar.

–Sí, menos mal. Resulta que esos críos tan ruidosos, al enterarse de lo que iban a hacerme, se llevaron la comida para que me fuera.

Al parecer, cuando los del refugio de animales llegaron, se encontraron con que la comida que habían dejado como trampa había desaparecido y se impacientaron. Los niños les dijeron a sus padres que lo más probable era que algún cuervo se la hubiera llevado, así que estos, enfadados, colocaron redes para ahuyentarlos.

–Me sentí mal por los cuervos, pero supongo que por una vez no pasa nada. –dice esto mientras se sorbe la nariz con disimulo, como si se sintiera avergonzado–. A veces pienso que no me importaría volver a ver a esos mocosos.

–Cuando te sientas preparado, deja que entregue el mensaje por ti.

–Puede que te lo pida algún día. Aunque esos niños ya deben ser adultos –comenta, mirando al horizonte con una leve sonrisa.

Pienso en Onōe, que ha crecido rodeada de piropos y halagos por parte de todo su entorno, y en Susumu, que se ha convertido en el director de su propia empresa gracias a su sudor y su esfuerzo. No es que la vida de uno sea mejor que la del otro, pero, al menos yo, siento más admiración por la determinación y la perseverancia de Susumu.

Hay personas que jamás han experimentado el fracaso en primera persona y otras que cargan con arrepentimientos y errores. Tal vez la belleza inmaculada de aquellos que no han sido heridos no tenga parangón, pero aquellos que han resistido a pesar de sus heridas poseen una fuerza inigualable. Si Tōru Ochiai hubiera sido de los segundos, seguro que habría sido un profesor más querido.

Eso es en lo que pienso mientras observo las cicatrices del lomo del gato carey.

5

El colegio Matsushiba no es demasiado grande, tiene capacidad para albergar a quinientos alumnos. En la entrada hay un plano del interior de la escuela donde se indica el nombre del tutor de cada aula, por lo que no me cuesta nada encontrar la clase de Tōru Ochiai.

Si su clase hubiera estado en el primer piso, habría tenido que encaramarme a alguna parte para poder espiarlo, pero, por suerte, se encuentra en la planta baja, justo enfrente del patio. Me estiro todo lo que puedo y apoyo las patas en el alféizar.

Desde donde estoy veo a unos treinta niños. Tōru está frente a la pizarra, con la cabeza metida en un libro de texto. Uno de los alumnos levanta la mano y se pone en pie. No está respondiendo a una pregunta, sino leyendo en voz alta mientras pasa las páginas de su propio libro. Parece que están en clase de Lengua. Pasa un rato hasta que Tōru le interrumpe:

–Bien. ¿Quién quiere seguir?

El alumno que estaba de pie se sienta y otro de la primera fila levanta la mano con entusiasmo.

–¿Nadie más? –pregunta con cara de molestia. Al ver que nadie más se ofrece voluntario, señala con la barbilla al niño de la primera fila–. Bueno, entonces sigue tú, Mitsui.

–¡De acuerdo! –responde el niño con entusiasmo y se levanta.

Lee cada palabra con cuidado, pero, al parecer, a Tōru no le gusta su cadencia.

–¿No puedes leer con más fluidez? –inquiere, torciendo el gesto, y después suspira exageradamente–. Es suficiente. No podemos tirarnos aquí todo el día. Sigue tú, Sakurai.

Cuando pronuncia el nombre de la alumna, su expresión cambia por completo. La niña, que está sentada en el centro de la clase, lleva el pelo recogido en una larga coleta. Se pone en pie con seguridad y lee con fluidez hasta el final. Mientras Tōru asiente con evidente satisfacción, suena el timbre que indica el final de la case.

Me devano los sesos pensando sobre a quién debería confiarle el alma de Susumu. En un principio había considerado dársela a uno de los alumnos, pero en cuanto suena el timbre estos desaparecen en dirección al patio.

El recreo es corto y no hay tiempo para hablar con el profesor, pero tampoco sería normal que un alumno le diera el mensaje durante una clase. Finalmente, decido esperar hasta la hora del almuerzo, pero los alumnos se mezclan sin importar de qué clase sean y me cuesta mucho distinguirlos.

Lo más difícil es el propio Tōru. Es un oponente duro, pero no me refiero a que sea increíblemente fuerte y resuelto, con una mente resistente como el hierro. No. Ni siquiera creo que sea especialmente astuto, sino que más bien parece alguien difícil de tragar, y no me refiero al sentido literal porque no tengo intención de comérmelo. Parece el tipo de persona que no querría tener cerca, uno al que no le afectara lo que le diga.

Si quiero dejarlo sin palabras, necesitaré algo de ayuda.

Mientras rumio todo esto, termina el recreo.

Por la tarde hay dos horas de clase de Arte. Al inicio, Tōru anuncia que hoy deberán entregar un dibujo hecho con acuarelas, una tarea que les mandó hace casi dos meses. El tema era representar libremente el mundo del libro de Kenji Miyazawa que habían estado leyendo en la clase de Lengua. Cada vez existen más proyectos mixtos como este para evitar que cada asignatura se afronte por separado. Parece que el Ministerio de Educación ha decretado este tipo de iniciativas y los colegios las implementan según su criterio.

Los niños entregan los dibujos al final de la clase. Se los pasan de atrás hacia delante hasta llegar a la primera fila. Tōru sujeta la pila de hojas con las dos manos y las alinea con pequeños golpes sobre la mesa hasta que quedan totalmente alineadas. El primer dibujo es un cielo estrellado. Aún sigue un poco húmedo y el papel está ligeramente arrugado, pero Tōru parece no fijarse en ese detalle.

Da la vuelta a las hojas y lee los nombres de los alumnos, escritos a lápiz en la parte de atrás. Hay un total de treinta dibujos, pero Tōru separa seis o siete y los coloca en la esquina superior derecha de su mesa. Tras esto comienza a examinar los que ha seleccionado. Después coloca el resto, sin miramientos, en un sobre.

No se basa en el dibujo, sino en el nombre de quien lo ha hecho. Es probable que los que ha elegido sean estudiantes que han demostrado tener talento, que sacan buenas notas o, simplemente, los favoritos del profesor. Sea cual sea la razón, estos son los estudiantes por los que demuestra realmente interés.

Los niños no tienen la culpa. No es culpa suya que los traten con favoritismo o que destaquen por sus propias habilidades y esfuerzo. Pero ¿qué hay de los niños que no reciben un trato especial? ¿Cómo se sienten? Incluso si el dibujo que han hecho hoy es excelente y representa y capta a la perfección la novela, para Tōru esto es solo un golpe de suerte que no merece la pena ni mirar.

Es horrible.

Mientras paso de la ira al asombro, la puerta del aula se abre de golpe.

Tōru está a punto de levantarse cuando en la puerta aparece Hiroto Kasai, el tutor de quinto de primaria. Es un profesor joven, que ya lleva cinco años trabajando en el centro escolar.

–Ah, ¡aquí estás! Yukawa te estaba buscando para hablar sobre la charla de la semana que viene.

Los lunes por la mañana se celebra una charla a la que deben asistir todos los alumnos del colegio y cada semana la da un profesor distinto.

–Justo acabo de ponerles notas a estos dibujos, así que pasaré por la sala de profesores antes de ir al club.

Tōru se encarga del club de debate en inglés, que se celebra en la misma planta que la sala de profesores. El club no llega a los veinte miembros, pero son todos alumnos de sobresaliente y que no causan problemas. Para Tōru, este club es como si fuera la obra de su vida, así que le pone muchísima dedicación.

En la universidad estudió Literatura Japonesa,

pero un día asistió al club de un amigo que se dedicaba a hacer presentaciones en inglés y este despertó su interés por el idioma. A partir de ese momento comenzó a aprender inglés por cuenta propia y le fue muy bien. Ahora, como profesor de primaria, suelen asignarle este tipo de grupos y actividades especializados en lengua extranjera.

Tōru echa un vistazo rápido al reloj mientras recoloca los dibujos.

—Son sobre el mundo del libro de Kenji Miyazawa, ¿no? ¿Qué te han parecido? —pregunta Hiroto, curioso.

—Al principio no sabían cómo plasmar las palabras en imágenes. Han tardado dos meses en entregar la tarea —responde Tōru con un suspiro de resignación—. ¿Tanto les cuesta hacer un plan de estudios más sencillo? Antes mandaban dibujar retratos de objetos concretos y no perdíamos tanto el tiempo.

Tōru se rasca el pelo entrecano y Hiroto pone los ojos en blanco.

—Pero ¿no te parece interesante? Así podemos ver lo que se les pasa por la cabeza a los niños —dice sonriente.

Justo cuando va a salir de la clase, Hiroto se detiene y pregunta:

—¿Te importa si les echo un vistazo a los dibujos? Me gustaría tener un referente para cuando haga la actividad con mi clase.

—Adelante.

A Tōru no le importa, ya ha visto lo que quería. Le entrega a Hiroto el sobre con los dibujos. Mientras los revisa, no deja de soltar exclamaciones de asombro y aprobación con cada hoja que pasa.

–En este, por ejemplo, la idea es muy original, ¿no crees?

Tōru le echa un vistazo desinteresado a la obra que le muestra su compañero. El dibujo muestra una división clara entre el cielo y el agua, con un degradado de azul que abarca toda la página. No es uno de los dibujos que ha elegido, así que es la primera vez que lo ve.

–¿De quién es?

Hiroto le da la vuelta al dibujo para ver el nombre.

–Rin Takai. Vaya, no sabía que dibujaba tan bien.

La situación familiar de Rin es bastante complicada y a menudo falta a clase. Está cuidando de su abuelo y el director del centro ha pedido a los profesores que no sean muy exigentes con él. Sin embargo, como sus notas no mejoran, Tōru lo trata como un caso perdido. No es que sea un alumno problemático, de hecho, se porta muy bien, pero no destaca. Para él es un estudiante más, irrelevante y del montón.

Hiroto sigue admirando la composición tan única del dibujo, pero a Tōru le parece que le falta autenticidad y que no es para tanto. Está convencido de que Hiroto solo se siente impresionado porque es un novato y que con el tiempo verá que este tipo de cosas no son más que una mera casualidad.

–Ah, este también me gusta mucho –comenta Hiroto, sosteniendo otro dibujo de los que Tōru no ha seleccionado–. Los colores son impresionantes, ¿verdad?

Tōru se acerca para ver de quién es. Es obra de Haruka Mita, una chica que se pasa los recreos leyendo en la biblioteca y que no interactúa mucho con sus compañeros de clase. Siempre tiene una expresión sombría y a Tōru le cuesta tratar con ella.

–Pero ¿no te parece un color extraño para representar el cielo nocturno?

El dibujo en cuestión es todo de color coral, con toques de naranja y amarillo por todos lados.

–Creo que está tratando de pintar lo que imaginó el autor –dice Hiroto, absorto en el dibujo.

–No me parece que sea tan bueno. Es demasiado raro y probablemente genere controversia.

–A mí me emociona pensar qué tipo de trabajo tendrán estos niños en el futuro, sobre todo los que son capaces de pintar así.

Sin embargo, Tōru es de la opinión de que, por triste que suene, ni Rin ni Haruka se encuentran en la posición de elegir libremente qué serán de mayores. Ese es un privilegio reservado solo para aquellos que destacan o tienen talento.

–Yo pienso que sería mejor si desarrollaran su capacidad de trabajo en equipo.

Para Tōru, la escuela es un lugar donde los estudiantes deben aprender a forjar relaciones que les permitan vivir pacíficamente. Incluso aquí, en primaria, ya ve a algunos niños que destacan por sus habilidades de liderazgo. Para él, esos son los que de verdad tienen un futuro prometedor. Ser parte del consejo de estudiantes o delegado de clase, con buenas notas, son señales inequívocas de que tendrán un gran futuro.

Sin embargo, Hiroto no aparta la mirada del dibujo de Haruka.

–Me da envidia pensar que estos niños tienen un futuro lleno de posibilidades. Si puedo ayudarlos a alcanzar esa miríada de opciones, estaré orgulloso de haber elegido esta profesión.

Ante su ingenuidad, Tōru no puede evitar soltar una risita desdeñosa por la nariz.

Cuando finalmente llega a la sala de profesores, Yukawa ya lo está esperando.

–¿Querías hablarme de la charla de la semana que viene, ¿no? Perdón por hacerte esperar. Hiroto quería ver los dibujos de mis alumnos.

Tōru ya había decidido cuáles eran las obras destacadas, pero Hiroto se ha molestado en admirar el resto de dibujos. Es un tipo extraño, pero es normal que, con la poca experiencia que tiene, no tenga buen ojo. Tōru no puede evitar sentir lástima por los alumnos a los que les da clase.

–Ah, ¿a Hiroto le han parecido interesantes? –comenta Yukawa mientras se ajusta la fina montura de sus gafas con una sonrisa.

–Es joven, así que todo le parece novedoso –responde Tōru con desdén.

Pero la respuesta que recibe lo deja estupefacto:

–Hiroto está especializado en Arte, por lo que no me sorprende que quiera ver los maravillosos dibujos de tus alumnos.

–¿Cómo has dicho?

–¿No lo sabías? Hiroto pinta desde que era niño y si no recuerdo mal era bastante conocido en su ciudad natal. Cuando estaba en el tercer curso de la universidad, ganó un premio importante. Además, el otro día le ofrecieron participar como jurado en un concurso de dibujo, ya que tiene un ojo increíble para el talento artístico. Es impresionante, ¿verdad?

Tōru se queda en silencio, anonadado por la repentina información. Apenas logra encontrar las palabras adecuadas para responder.

–Entonces, ¿por qué no continuó con su carrera como artista y, en vez de eso, se convirtió en profesor?

–Yo le hice la misma pregunta… Verás, él cree que cada persona es única y posee un talento propio. Lo importante es descubrir cuál es. Por eso decidió convertirse en profesor, para ayudar a todos los niños, sin importar cómo sean, a descubrir sus talentos para que cuando sean adultos sean conscientes de lo que son capaces de lograr.

Mientras escucha, Tōru recuerda la reunión de antiguos alumnos a la que asistió hace un mes. Era la reunión del quince aniversario de graduación de la primera clase de la que había sido tutor. En aquel entonces, llevaba solo dos años trabajando como profesor. Los alumnos que ya destacaban cuando eran niños habían triunfado y se habían convertido en médicos o abogados. Incluso una de las alumnas, que ya por aquel entonces mostraba indicios de que algún día se convertiría en una mujer muy atractiva, le mostró una revista donde aparecía como modelo.

Tōru no puede evitar sentirse incómodo al pensar en esa reunión. Un sentimiento desconocido le acecha en lo más profundo de su corazón. Sigue recordando…

—Profe, ¡Susumu es increíble! Ahora es director de una empresa —dice Hanabishi, a quien Tōru recuerda porque su padre era miembro del AMPA.

—Vamos, no es para tanto —dice el joven a su lado, con una sonrisa tímida.

A pesar de conocer su nombre, Tōru no recuerda al hombre que tiene en frente. No le suena de nada.

—¿Cuántos millones de yenes genera al año? Me suena haberlo visto en Internet —continúa Hanabishi.

Mientras escucha, se fija en un álbum de fotos

que alguien ha traído. Está cargado de nostalgia y en él aparecen los nombres de los alumnos. Busca desesperadamente a Susumu hasta que, finalmente, lo halla. En la fotografía sale de pie y se da un aire a la versión adulta que se encuentra frente a él. Aun así, no consigue recordar nada al respecto. Imagina que, simplemente, no le prestó atención en su momento.

Con una sensación de fastidio, como si intentara desembarazarse de esa molestia, Tōru se acerca a un grupo de exalumnos reunidos en una mesa redonda al fondo y comenta:

—¡Sí que habéis crecido! Os habéis convertido en personas muy exitosas.

Se asegura de usar el nombre de aquellos alumnos a los que recuerda, para convencerse a sí mismo de que ha hecho lo correcto.

—Por cierto, ¿te has enterado de lo de las adjudicaciones del año que viene?

La voz de Yukawa lo saca de su ensimismamiento.

—He oído que va a empezar a trabajar aquí un profesor recién licenciado. Además de tener un montón de trabajo, ahora nos toca cargar con un novato.

Tōru suena exasperado.

—Bueno, dicen que tiene un historial académico impresionante. Parece que, después de terminar un máster en una universidad japonesa, estuvo investigando en Estados Unidos. Me han dicho que es un profesional brillante.

–Por muy bueno que sea su historial académico, sin experiencia práctica no sabe a lo que se enfrenta de verdad –replica Tōru mordazmente.

Sin embargo, la respuesta de Yukawa le vuelve a dejar sin palabras:

–Ahora que va a venir un profesor acostumbrado a tratar con nativos anglófonos, seguramente cambien al encargado del club de debate en inglés. Quizá el año que viene tengas menos carga de trabajo.

–¿Qué? ¡Para mí no es una carga ocuparme del club de debate! –exclama Tōru al instante–. Además, los alumnos han mejorado notablemente bajo mi tutela. Sería más seguro que continuara yo en lugar de poner a alguien nuevo.

A pesar de su insistencia, Yukawa ladea la cabeza, poco convencido.

–No sé. Creo que los padres estarían más contentos con un profesor joven que ha vivido en Estados Unidos. Además, Tōru, ¿tú no estabas especializado en Literatura Japonesa?

–He aprendido inglés de forma autodidacta a lo largo de los años. No me parece justo que todo se base solo en títulos o antecedentes académicos. No es más que una evaluación superficial –replica Tōru, sintiéndose cada vez más frustrado por lo injusta que sería esa situación.

Enfurecido, se sienta en su escritorio, incapaz de calmar su rabia.

En ese momento, sus ojos reparan en el sobre

lleno de dibujos que sostiene en la mano y siente como algo se rompe en lo más profundo de su corazón. La actitud y las notas son maneras fáciles de evaluar a los niños. Una voz dentro de su cabeza le recuerda sus propias palabras: títulos, antecedentes académicos, edad… No es más que una evaluación superficial. Y eso es justo lo que él les está haciendo a sus alumnos. Ahora que lo sufre en sus propias carnes, no puede evitar que un escalofrío le recorra por todo el cuerpo.

Desconcertado, sin saber cómo lidiar con sus emociones, aprieta con fuerza el sobre que contiene los dibujos que ha descartado. Tōru vacila, preguntándose si debe echarles otro vistazo.

7

Se lo ha ganado a pulso.

Imagino que así es como se siente uno cuando se quita un gran peso de encima. ¡Menudo alivio! Me alejo de la ventana del pasillo y sacudo el cuerpo. Tengo el lomo tenso de haber estado tanto rato asomado a la sala de profesores, así que lo arqueo una vez más, estirando los músculos agarrotados.

Salgo de la escuela por la puerta principal. Mientras cruzo el patio, siento de pronto un soplo de viento y, por un momento, me parece escuchar un leve murmullo.

Son las alegres voces de Susumu y Hanabishi, jugando al balón prisionero en el patio del colegio.

8

Mientras coloca mi registro de trabajos completados sobre el arcón, Nijiko se echa a reír a carcajadas.

—Solo con imaginarme la cara que tuvo que poner al enterarse de que el profesor era un experto en Arte me entra la risa.

Estampo la pata y con ese gesto obtengo mi cuarto sello. A mí también se me escapa una risita.

—Es una pena que Susumu y Hanabishi no hayan podido verlo en persona.

—No pasa nada. Estoy segura de que ambos estarán bien y tendrán un futuro brillante. Pero, Fūta, ¿cómo conseguiste transferirles el alma a los profesores? Porque, al tocar a alguien con la punta de la cola, el alma se traspasa. Si no funciona correctamente, el alma se desvanece para siempre.

Es verdad. Como el alma se transfiere nada más tocar algo con la punta de la cola, hay que ser muy cuidadoso al elegir a quién dársela. Solo hay una oportunidad. Pero esta vez he sido muy cuidadoso.

Mientras investigaba, me di cuenta de que no podía transmitirle el alma a una sola persona. Iba a necesitar un lugar que tocase mucha gente, aunque fuera sin darse cuenta. Entonces me percaté de que el pomo de la puerta de la sala de profesores era el sitio ideal.

–¿No ha sido demasiado arriesgado? El propio Tōru podría haber tocado el pomo de la puerta por accidente –señala Nijiko preocupada.

–Por eso lo he hecho mientras Tōru estaba ocupado en el aula.

Al terminar las horas lectivas, aproveché el rato en el que Tōru estaba evaluando los dibujos para colarme en la sala de profesores. Por suerte, los alumnos ya se habían ido, así que pude entrar sin que me vieran y transferí el alma al pomo.

–Así que el primero en tocar el pomo fue Yukawa y luego Hiroto, que fue a buscar a Tōru –dice Nijiko.

–Eso es. Después de que Yukawa tocara el pomo, aún quedaba algo del alma, por lo que también se le transfirió a Hiroto.

La energía del alma se consume rápidamente, por lo que, cuando Tōru llegó a la sala de profesores, esta ya se había desvanecido por completo. Aunque tocó el pomo, en su caso no pasó nada.

–¡Qué agobio! –Nijiko se abraza a sí misma.

–Estaba todo perfectamente planeado. Los bigotes me permiten hacer este tipo de cálculos con gran precisión.

Le muestro los bigotes rectos y firmes. La verdad es que cabe la posibilidad de que todo fuera cuestión de suerte y saliera bien por casualidad, pero eso no importa. Al final, el resultado ha sido bueno.

Mientras miro a Nijiko, aún sobrecogida, recuerdo lo que mi compañero Sky mencionó hace poco sobre ella.

–Oye, Nijiko. He oído que te dedicas a esto porque le sucedió algo a un gato que tuviste. Me han dicho que es porque tienes remordi…

–Es cierto. –Nijiko me interrumpe y agacha la cabeza–. Murió por mi culpa.

Al parecer, el gato de Nijiko, a pesar de ser viejo, estaba lleno de energía. Vivió veintidós años, una edad impresionante para un felino. Pero, poco antes de fallecer, perdió el apetito súbitamente.

–Son cosas que nos pasan a todos. No fue culpa tuya.

–No, no lo entiendes. Tendría que haberlo dejado en casa y acompañarlo en sus últimos momentos. Si hubiera hecho eso, quizá ahora no me arrepentiría tanto.

–¿Qué pasó?

Nijiko se queda en silencio un momento, con la mirada fija en el suelo, antes de empezar a hablar despacio:

–Lo llevé al veterinario. Pese a que estaba muy débil, se resistió con todas sus fuerzas, pero aun así lo metí a la fuerza en el transportín.

—Lo entiendo, a mí tampoco me gusta ir al veterinario.

—Sabía que no le gustaba, pero no sabía qué más hacer. Esa misma noche, falleció. Si me hubiera quedado con él en casa tal vez no habría sufrido, quizá habría vivido un poco más. Debió de sentirse tan solo... Quería estar a su lado, darle las gracias y despedirme de él. Quería decirle adiós... —dice Nijiko, con las lágrimas cayendo suavemente por sus mejillas—. Por eso quiero que los gatos del mundo azul sean lo más felices posible y que las personas del mundo verde puedan ver una vez más a sus seres queridos. Por eso tengo este trabajo.

A pesar de que sigue llorando, consigue esbozar una sonrisa.

—Ya veo...

Quiero decirle que su gato no la culpa, que seguro que le está agradecido por haberlo cuidado tan bien. Eso es lo que querría decirle, pero no encuentro las palabras adecuadas.

Mientras le doy vueltas a cómo expresarlo, Nijiko vuelve a hablar:

—Fūta, ¿alguna vez te han contado la historia del puente arcoíris?

Según dicen, al morir, las mascotas esperan a sus dueños en el puente arcoíris hasta que puedan reencontrarse en el más allá.

—No es una leyenda, es... verdad —respondo, sorprendido.

A fin de cuentas, en la frontera entre el mundo verde y el mundo azul, el gato carey hace de guardián en el puente y este café también actúa como un lazo que los une a ambos.

Mientras mi mente termina de darle vueltas, veo que Nijiko sonríe.

—Cada persona tiene su propia forma de ver las cosas. No sé cuál es la verdad, pero creo que aferrarse a esos sentimientos puede ser algo positivo —dice serena.

—Además, *pont* significa «puente» en francés, ¿no?

—Vaya, veo que estás bien informado —exclama ella, visiblemente impresionada.

Se lo escuché a unos clientes, pero decido quedarme ese detalle para mí. *Niji* significa «arcoíris» en japonés. Quizá Nijiko no sea su verdadero nombre, sino más bien una especie de apodo.

—Entonces, tu gato debería estar en el mundo azul. ¿No podrías intentar buscarlo? —pregunto.

—Los gatos no son como los humanos. Es difícil dar con ellos en el mundo azul, a menos que decidan trabajar como gatos mensajeros, y eso es raro. La mayoría de los felinos no se meten en algo tan complicado como esto —dice, guiñándome un ojo.

El dolor del arrepentimiento da luz a una profunda compasión por los demás. La fuerza y el amor inquebrantable de Nijiko me han enseñado eso.

Capítulo 5

El gato mensajero
se acurruca en el regazo

1

—He robado algo –dice una voz proveniente del interior del Café Pont.

Mis orejas se yerguen de inmediato. ¡¿Qué?!

El Café Pont es una casita blanca situada en una esquina de una plaza que se encuentra en lo alto de una colina. Con su techo triangular, parece sacado de un libro ilustrado. Tiene una única ventana de celosía y la puerta de entrada tiene un pomo de latón que emite débiles destellos dorados.

Antes de escuchar la inquietante confesión de la clienta, yo estaba hecho un ovillo cerca de la entrada, pero nada más oírla, me incorporo y salto hasta el marco de la ventana.

Soy Fūta, viví durante diecinueve años en el mundo verde, el mundo de los humanos, y llegué al mundo azul, el más allá, hace cuatro meses. Cuando llegas aquí, es difícil discernir cuál es el mundo de los vivos y cuál el de los muertos. Uno podría pensar que el más allá es un lugar triste y solitario, pero estaría muy equivocado.

Este mundo no solo está sorprendentemente cerca del otro, sino que además aquí todos están muy ocupados. Lo único que los separa son unos pequeños puestos de control, por lo que prácticamente están conectados, pero no hay mucha libertad para deambular de un lado al otro, porque podrían producirse problemas e incluso romperse el delicado equilibrio que existe entre mundos. Nosotros, los gatos mensajeros, nos referimos a este fenómeno como «la distorsión de la Tierra» y, si la Tierra, que es redonda, se distorsionara, sería un completo desastre.

Ahí es donde entramos nosotros. Las personas del mundo verde escriben tarjetas con el nombre de aquellos a los que quieren ver otra vez y nosotros les llevamos los mensajes de vuelta hasta ellos. A veces, las personas a las que desean volver a ver a pertenecen al mundo azul. En ocasiones entregamos el mensaje de inmediato, pero normalmente es una tarea compleja. Es un trabajo en el que hay que centrar mucho la cabeza.

Tampoco podemos entregar todas las peticiones de mensajes que recibimos, ya que, aunque lo intentáramos y le pusiéramos intención, no daríamos abasto. Por eso solo lo hacemos con aquellos que realmente necesitan volver a ver a alguien y que, además, por un motivo o por otro, no pueden hacerlo por sí mismos. Nijiko es la que se encarga de decidir esto último. Es la dueña del Café Pont, que se encuentra situado justo entre el mundo verde y el mundo azul.

No soy el único que se queda sin palabras ante el comentario de la clienta.

–Perdona, ¿qué has dicho? –pregunta Nijiko con recelo, sin ganas de verse involucrada en un crimen.

La clienta, una mujer de unos cuarenta años, abre la boca despacio y empieza a hablar:

–Tengo una pequeña galería en mi casa. –Y especifica también el nombre de un pueblo.

–Ah, eso está cerca del mar, ¿no?

El nombre me suena. La madre de Michiru estuvo de viaje allí unos días con una amiga. Me habló, sonriente, de un templo famoso por sus preciosas hortensias. Incluso me trajo como recuerdo un collar con un cascabel monísimo, pero, por desgracia, no me gustan nada los accesorios. Como no lo soportaba, en cuando me lo puso me revolví con ganas para quitármelo. Mamá me dijo, algo decepcionada: «Qué pena, con lo bien que te quedaba» y me lo quitó enseguida.

Al parecer, esta mujer tiene una galería en la que exhibe y vende obras de artistas a los que conoce, además de piezas de cerámica y otros productos elaborados de forma artesana.

–Casi todos mis clientes son de la zona, pero, a veces, en los días festivos, entran turistas a curiosear. La verdad es que casi nunca se llena –dice riendo–. Mi hijo se fue a estudiar a la universidad, así que la casa se nos quedaba demasiado grande a mi marido y a mí. La reformé y convertí la planta baja en una tienda.

Desde que su hijo se había independizado, tenía más tiempo libre y justo entonces, por pura casualidad, un conocido les ofreció una colección de cuadros de un artista local.

—No me suena —responde Nijiko con la cabeza ladeada al oír el nombre que pronuncia la mujer.

—Falleció joven, así que no tuvo tiempo de hacerse muy famoso, pero sus cuadros son una auténtica preciosidad. Quería darlo a conocer, por lo que acabé montando la galería.

Menciona que estudió Historia del Arte en la universidad y que siempre le ha interesado la pintura; además, le gusta visitar museos en su tiempo libre. Sin embargo, jamás pensó en dedicarse profesionalmente al mundo del arte.

—Las vueltas que da la vida. Nunca pensé que acabaría teniendo mi propia tienda. He sido ama de casa toda la vida, así que estoy aprendiendo sobre la marcha.

Explica que al principio solo exponía cuadros, pero que, poco a poco, estableció relaciones con los artesanos locales, lo que amplió la variedad de su negocio.

—Entonces, ¿qué tiene que ver esa persona con todo eso?

Nijiko echa un vistazo a la tarjeta que tiene en la

mano, donde ha escrito el nombre de la persona que quiere volver a ver. En lugar de echarla al buzón, la mujer se la ha dado mientras le contaba su historia.

—Era mi mejor amiga.

—¿«Era»? Disculpa la impertinencia, pero ¿sigue viva?

Es importante saber si la persona todavía está en el mundo verde, el mundo de los vivos.

—Sí, está viva. Me lo dijo otra amiga.

—Ah… entonces lo que ocurre es que no sabes dónde vive, ¿no?

—¡Claro que sé dónde vive! He estado en su casa muchas veces.

—En ese caso —Nijiko se impacienta—, ¿por qué no vas a verla y ya está?

La mujer evita mirarla a los ojos durante un rato y al final murmura en voz baja:

—Por eso te he dicho que he robado algo. Le he robado algo que es muy importante para ella.

—¿A qué te refieres? —pregunta Nijiko, observando atentamente el rostro de la mujer, sin entender qué quiere decir.

—Nos conocimos en quinto de primaria. Íbamos a la misma clase.

Se hicieron amigas muy rápido, en parte porque vivían cerca y solían volver juntas a casa. También pasaban los recreos la una con la otra e, incluso aunque supieran que se verían de nuevo al día siguiente, se despedían entre lágrimas, como si nunca más fueran a volver a verse.

Al entrar en el instituto, las dos se unieron al club de arte. A veces pintaban retratos la una de la otra, aunque lo que más dibujaban eran personajes de manga. No fueron al mismo bachillerato ni a la misma universidad, pero continuaron viéndose los fines de semana para ir de compras o al cine. Gracias a ella, se aficionó a ir a museos y galerías de arte. Incluso tenían una estatura y complexión similares, así que a menudo se intercambiaban la ropa o se vestían a juego.

Sin embargo, con la edad, la amistad cambió.

Su amiga empezó a trabajar en una compañía de seguros y, aunque seguía soltera, estaba completamente entregada a su trabajo.

—Yo me casé nada más terminar la universidad y me quedé embarazada enseguida. Mi vida cambió por completo, pero la de ella no. Aun así, siempre encontraba tiempo para mí. Me visitaba, me traía dulces y siempre asistía a los cumpleaños de mi hijo. Cuando se me hacía cuesta arriba mi situación familiar o discutía con mi marido, siempre iba a su casa en busca de consuelo.

—¿No se suele ir a casa de los padres en situaciones así? —pregunta Nijiko, llena de curiosidad.

—Sí, pero ir a casa de mis padres implicaba que me hicieran preguntas un tanto incómodas. Con ella eso no pasaba, la verdad. Me dejaba tranquila, y eso era lo que más agradecía –responde la mujer con sinceridad.

Veo en el reflejo de la ventana cómo mueve la cabeza de arriba abajo, como si estuviera recordando esos momentos con nostalgia.

–Vaya, parece que estabais más unidas que las mejores familias.

–Sí. Y mi marido también lo sabía, no te creas. Cuando no me encontraba en casa, siempre era la primera persona a la que llamaba para saber si estaba con ella.

Es como si sus almas estuvieran conectadas.

Ese sentimiento de confianza absoluta es el mismo que yo tengo hacia Michiru, papá y mamá. Solo de pensarlo, una agradable sensación de calor recorre mi interior.

Estoy tan a gusto que empiezo a dar cabezadas. Pero, justo cuando estoy a punto de quedarme dormido, la mujer, con una voz repentinamente melancólica, me interrumpe el sueño.

–Y un día, sin previo aviso, dejó de hablarme.

–¿Por qué? –pregunta Nijiko.

Yo también quiero saberlo.

–Al principio no le di importancia. Estaba muy liada con la inauguración de la tienda y sabía que ella había cambiado de trabajo. No era la primera vez que pasaban meses sin que supiéramos la una de la otra, así que no me preocupé demasiado.

–Ya… He oído que, en las compañías de seguros,

el cierre del año fiscal y las reuniones de la junta son muy caóticas.

–Sí. Si le enviaba un mensaje y no me respondía asumía que estaba ocupada. Tampoco eran asuntos que requirieran una respuesta inmediata. Pero el tiempo pasó volando y, cuando me di cuenta, había transcurrido más de un año sin haber tenido noticias de ella. Me preocupé mucho.

–Yo también lo hubiera hecho, sobre todo si mi amiga viviera sola.

–Exacto. Así que le pregunté a una amiga en común si sabía algo de ella.

Al parecer, se trataba de una amiga en común.

–Le dijo algo muy cruel. Dijo que yo era una ladrona –murmura con la cabeza gacha.

–¿Qué le robaste? ¿Tiene que ver con algún problemilla amoroso?

He visto en los programas de televisión, es muy normal que una amistad entre mujeres se rompa por un chico. A veces, aunque no lo busques, alguien puede desarrollar sentimientos por ti.

–Al principio yo también pensé que era algo así. Tal vez, sin querer, me había metido en alguna relación suya y personal… pero ¡eso era imposible! –continúa la mujer.

Al parecer, nada en su vida había cambiado.

–Entonces, quizá cogiste algo que era suyo, como un libro, y nunca se lo llegaste a devolver –sugiere Nijiko.

–Eso tendría más sentido –dice con la boca entreabierta–. De hecho, todavía tengo un manga que me dejó en el instituto, pero ella hacía lo mismo. Éramos buenas amigas, solíamos prestarnos cosas sin darle demasiada importancia. De hecho, llegó un momento en el que ya no sabíamos a quien de las dos pertenecían y eso me encantaba –ríe al recordar–. Seguro que algunos de mis libros favoritos siguen en su habitación.

Es evidente que habían sido amigas muy muy cercanas. ¿En qué momento se había ido todo al traste?

–Esto va a parecer un tanto arrogante –dice sin apenas levantar la voz–, pero se me ocurrió pensar que quizá estuviera celosa. A fin de cuentas, yo estoy casada, tengo un hijo y no trabajo. Ella no. Cuando éramos jóvenes, eso tenía importancia, pero quizá con la edad empezó a sentirse así.

–Pero ella tiene un trabajo que le apasiona, ¿no? Se esfuerza muchísimo –interviene Nijiko.

–Es verdad. Además, ella no es así, por eso descarté esa idea. Cuando mi hijo entró en la universidad, ella se alegró como si hubieran admitido al suyo. Sabía que lo había pasado mal criándolo y educándolo, así que, cuando por fin se independizó, me alentó a que hiciera más cosas y pensara en mí misma. Siempre me animó.

–¿Y si es algo más físico? Si vives muy lejos, quizá se empezó a cansar de tener que ir a visitarte.

—No, estaba cansada de la vida en la ciudad y le encantaba venir a ver el paisaje de mi pueblo. Lo único que me quedaba era tratar de encontrar el momento exacto en el que había dejado de hablarme.

—Bien pensado —comenta Nijiko.

—Y me di cuenta de que fue justo después de que abriese la galería de arte, hace dos años —confiesa en voz baja.

—¿Y tu amiga visitó la galería de arte en algún momento?

—Solo una vez, el día de la inauguración. Aquel día yo estaba muy ocupada con la gestión y la organización de todo, así que no me di cuenta de que esa sería la última vez que nos veríamos. —De pronto, la mujer se encoge, claramente abatida, y añade—: Entonces lo recordé. Recordé algo que me dijo en el instituto, mientras estábamos en el club de arte.

—¿El qué?

Yo también me tenso. No tengo solo las orejas en punta, sino también la cola y los bigotes.

—Estábamos observando una exposición de obras de estudiantes que competían en un certamen y, mientras las mirábamos, me dijo que algún día le gustaría tener una pequeña galería en un pueblo junto al mar. Era su sueño.

Ahora habla como una adolescente, con la voz cargada de esperanza e ilusión.

—Ya veo. Entonces, le robaste el sueño a tu amiga —dice Nijiko con suavidad, inclinándose hacia ella.

–Le arrebaté su sueño –afirma en voz baja, pero tranquila–. Por eso quiero volver a verla y pedirle perdón.

Nijiko ladea la cabeza antes de preguntar:

–¿Tú crees? ¿De verdad tienes que disculparte? –Y luego añade–: No hay una única galería de arte en todo el mundo. De hecho, hay unas cuantas y, si tu amiga quiere montar una, puede hacerlo. Además, tú has podido montar una gracias a una serie de coincidencias y a dedicarle mucho esfuerzo. No creo que tengas que disculparte por eso...

–Pero es que está muy enfadada.

–La cosa es... ¿De verdad no te acordabas de que ese era el sueño de tu amiga? ¿Es posible que, de manera inconsciente, quisieras superarla?

–¿Yo? ¿Superarla?

La clienta se lleva la mano a la cara, como si se sintiera ofendida.

–Sé sincera.

La voz de Nijiko es suave, pero cada una de sus palabras atraviesa a la clienta, quien alza el rostro poco a poco.

–Quizá era yo la que estaba celosa. En su trabajo, todos sus compañeros y jefes la respetan y ella sigue su propio camino, llena de vida y energía. Siempre tiene dinero para gastarlo en lo que quiera y siempre se viste con prendas elegantes y va muy arreglada. A su lado, yo no era más que una simple y aburrida ama de casa. Me preocupaba por el precio de la comida, siempre estaba ocupada con mi hijo y hacía años que no me compraba ropa. Cuando monté la galería, sentí que me lo merecía.

—No es algo que te haya pasado solo a ti —dice Nijiko con la mirada cargada de compasión y afecto—. ¿Por qué no vas a verla y le recuerdas los buenos momentos que habéis pasado juntas? Hablad de los sueños que teníais cuando aún estabais en el club de arte y de los que tenéis ahora.

—¿Crees que querrá hablar conmigo?

—Hay personas que, aunque quieran recordar los buenos momentos del pasado, no pueden hacerlo. Pero ese no es vuestro caso. Ve a verla.

Nijiko sonríe levemente mientras recoge la tarjeta de la clienta e inclina un poco la cabeza. Después añade:

—Tú sola.

2

—¡Qué susto me he llevado cuando me ha dicho que había robado algo! Pensaba que estaba a punto de confesarnos un crimen.

Aprovecho que la clienta se ha ido para entrar en el Café Pont.

—Está el día flojo, quizá sea hora de que cada mochuelo se vaya a su olivo —comenta Nijiko.

No sé de qué olivo habla.

—Bueno, pero hay trabajos interesantes, ¿no? —exclamo emocionado.

—Sí, pero la mayoría son personas que podrían reencontrarse si hicieran un esfuerzo. Lo que ocurre es que piensan que no pueden, pero están equivocados.

—¿Tú crees? ¿Crees que la clienta de antes estará bien?

Incluso si finalmente va a ver a su amiga, cabe la posibilidad de que no terminen de arreglar las cosas.

—Se las apañarán. Seguramente acabarán recordando los viejos tiempos –dice Nijiko, mientras sostiene en sus manos una tarjeta.

Desde donde me encuentro, leo en voz alta:

Me gustaría volver a hablar de los viejos tiempos con mi madre, que tiene demencia y ya no me reconoce.

Nijiko me observa.

–Esto es lo que significa realmente no poder encontrarse con alguien. Es un caso que sí requiere nuestra atención.

Solo de pensar en una madre que no reconoce a su hijo me duele el pecho. Si Michiru llegase a olvidarme algún día, me sentiría completamente perdido.

–¿Lo entiendes, Fūta?

No respondo, así que Nijiko me da un pequeño empujoncito. Cuando finalmente asiento, añade:

–En ese caso, te lo encargo. Cuento contigo.

Este es un trabajo muy complejo. ¿Cómo se consigue que alguien con demencia recuerde a otra persona? Sé que será difícil, pero quiero intentarlo. Si puedo hacer algo para aliviar ese sufrimiento, estoy seguro de que valdrá la pena.

Empiezo a darle vueltas al asunto, imaginando posibles soluciones.

–Veo que has cultivado mucho tu imaginación, Fūta.

Nijiko habla casi como una madre.

Bajo del arcón con un grácil salto y me acerco al fuego de la chimenea. Ahora toca descansar un poco. Ya pensaré en los detalles de la misión más tarde.

3

La clienta es Kozue Hosaka, una mujer de unos sesenta años, y la persona a la que quiere ver es su madre, Satsuki Komanai, que tiene noventa años. En la tarjeta, escrito con caligrafía impoluta, está el nombre de la residencia de ancianos en la que vive.

Al principio pienso que en la residencia encontraré a la clienta con su madre, pero las cosas no son tan fáciles. Cuando llego, encuentro la habitación individual de la anciana al instante. En este lugar hay perros y gatos, que actúan como animales de terapia y se encargan de asistir emocionalmente a los pacientes. Esta práctica es muy común en hospitales, pero parece que también es cada vez más popular en residencias de ancianos como parte de los programas dedicados a aliviar los síntomas de la demencia.

Me cuelo en una habitación llamada «sala para mascotas», que en realidad parece una cafetería de gatos. Una vez dentro, sé que estoy a salvo. Algunos de los animales pertenecen al mundo verde, pero otros vienen del mundo azul y están aquí trabajando.

Empiezo a recopilar información con cautela.

—¿Satsuki? Es una mujer muy amable —me dice un gato atigrado y anaranjado, como yo. Al parecer, suele descansar en su regazo.

—¿Su familia no viene a verla casi a diario? Podrías dar con ellos. —añade otro gato.

—Pero solo viene su hijo con su mujer. Entre semana viene ella sola y los fines de semana, los dos. No me suena que tenga una hija —comenta un tercero.

Cuando les hablo sobre mi trabajo, todos comienzan a darme más detalles.

—A veces se acuerda de las cosas y otras no —dice uno de ellos.

Memorizo toda la información. Es hora de ir a la habitación de Satsuki.

4

—Anda, Kū, ¿has venido a verme?

Estoy merodeando cuando de pronto se abre la puerta de la habitación. Es la hora de comer, así que seguramente Satsuki se dirigirá al comedor. Pensé que necesitaría ayuda para moverse, pero al parecer no es así.

Da la impresión de que, como me indicaron los perros y los gatos, la memoria solo le falla a ratos, por lo que imagino que no pasa nada si se mueve sola por la residencia.

Estoy a punto de decirle: «¿Quién es Kū? ¡Me llamo Fūta!», pero me contengo al pensar que, seguramente, me esté confundiendo con el otro gato anaranjado. Tal vez pueda aprovechar la confusión para continuar con mi investigación.

—Pasa, pasa —dice, invitándome a entrar.

No estoy seguro de si los animales de terapia pueden salir de la sala para mascotas, pero ahora mismo eso no importa. Aprovecho y entro con naturalidad en su habitación.

Satsuki me sienta en su regazo y empieza a acariciarme. Parece que se le ha olvidado que se dirigía al comedor. Me siento culpable por haberla distraído, pero seguro que luego vendrá alguien a traerle la comida o la avisarán de algún modo. Hasta entonces, lo mejor es que siga fingiendo ser Kū.

—Kū, ¿quieres picotear algo?

Saca del cajón un paquete de sardinas secas.

Muevo la cola y ronroneo de inmediato. ¿Por qué tiene esas sardinas?

—Estas sardinas secas me las trajo Satoru. Dice que el calcio es bueno para los huesos y los dientes y que me las podía comer si me entraba un poco de hambre. Kū, ¿conoces a Satoru?

Sin embargo, puedo ver que Satsuki no tiene dientes. Me imagino que tendrá una dentadura postiza que usa para comer.

—Pero yo ya no puedo comer esto, es demasiado duro para mí —añade—. Mi hijo es tan considerado. Es mi único hijo, ¿sabes?

Se le llenan los ojos de lágrimas en una extraña mezcla de alegría y tristeza. A pesar de que son emociones opuestas, los humanos suelen derramar lágrimas por ambas emociones. Además, he oído que se vuelven más sentimentales con la edad. Los gatos no sentimos tristeza de la misma manera, así que no puedo imaginarme cómo es llorar.

Satsuki acaba de mencionar a su hijo Satoru, pero no ha dicho nada de su hija Kozue. Incluso ha dicho que no tiene más hijos, así que lo más probable es que no se acuerde de ella.

La habitación no es muy grande y es bastante simple, solo tiene una cama y una mesilla, pero en el fondo hay un pequeño altar budista. De ahí viene el olor a incienso. Frente al altar hay una sola foto: en ella hay un hombre con una expresión muy seria, probablemente sea el marido de Satsuki, el padre de Satoru y Kozue.

Paso un rato acurrucado sobre el regazo de Satsuki, cambiando de postura de tanto en tanto y disfrutando del calor humano. Es genial volver a estar acompañado de personas después de tanto tiempo. Justo cuando voy a cerrar los ojos y quedarme dormido, llaman a la puerta y entra una mujer.

Esperaba que fuera Kozue, pero no lo es.

—Suegra, ¿estás en la habitación? —dice una mujer desconocida.

—Ah, Hanae, ¿hoy has venido sola?

—Estamos entre semana, Satoru está trabajando.

Por el tono familiar, noto que no es la primera vez que tienen esta conversación. La mujer, Hanae, es la esposa de Satoru, el hijo de Satsuki.

—Uno de los cuidadores me ha dicho que te están esperando para comer —dice y, por fin, se percata de mi presencia—. ¿Ese gato no es de la sala para mascotas? No deberías haberlo traído aquí, te van a regañar.

Noto cómo Satsuki se tensa ante el reproche.

–Pero Kū estaba frente a mi puerta… –dice claramente confusa.

No quiero causar más problemas, así que me deslizo por el hueco de la puerta y me voy con cara de no haber roto un plato. Al salir, escucho cómo Hanae chasquea la lengua.

Me dirijo con paso lento al Café Pont sin haber conseguido ninguna pista.

Esperaba encontrarme con algún otro gato mensajero, pero no hay nadie esperando frente al café. En la puerta hay un letrero: CERRADO TEMPORALMENTE. Me asomo por la ventana y noto que dentro todo está en completo silencio. No hay rastro de Nijiko, ni un solo rescoldo en la chimenea.

Aún conservo algo del calor del regazo de Satsuki, que me recuerda a la sensación que me recorría cuando Michiru me acariciaba. De pronto me siento algo solo y bajo la cabeza. Si fuera un humano, ¿sería este uno de esos momentos en los que lloraría a escondidas? Por un instante comprendo mejor a las personas.

Busco a Natsuki, la gata negra, pero no la encuentro por ninguna parte. Quizá sea lo mejor, no quiero que me vea así de vulnerable. Me obligo a hacer de tripas corazón y entonces recuerdo que me avisó de que estaría un tiempo trabajando en el mundo verde. Halloween está a la vuelta de la esquina, así que los gatos de las brujas están muy ocupados.

La última vez que hablé con ella, me contó algo de lo más interesante:

—Aún no puedo volar por mi cuenta en escoba, pero este Halloween formaré parte de la decoración de un café... ¡montada sobre una escoba!

Parece que la van a colgar de la ventana de un café.

—Entonces, ¿estarás en el mundo verde hasta que termine Halloween? –pregunto algo preocupado.

—Este café solo abre durante las noches que van de luna creciente a luna nueva, así que solo trabajaré un par de semanas de octubre.

—¿Solo? –Me siento aliviado y decepcionado al mismo tiempo–. ¡Vaya! Qué curioso que haya negocios con horarios tan particulares.

Bueno, tampoco es que el Café Pont tenga un horario muy regular, pero al menos está abierto más tiempo.

—Parece un sitio muy agradable, estoy deseando ir –dice Natsuki y, luego, añade emocionada–: El dueño del café tiene un gato negro que se llama Ayu. ¡Qué gracioso! Tiene nombre de pez.

Natsuki lo dijo con tanta emoción que me costó un poco no ponerme celoso. Tuvimos esa conversación hace diez días, así que volverá pronto. Natsuki no para de progresar como gata de brujo, mientras que yo siento como si no estuviera avanzando en absoluto.

Incluso yo, que suelo estar tan seguro de mí mismo, me siento alicaído.

Mientras intento quitarme un trozo de espina de sardina de entre los dientes con las garras, me limpio alrededor de la cara y el olor del pescado se mezcla con el del incienso.

Los colchones de estas camas son bastante duros, pero el calorcito que emana de Satsuki, que está dormida, es muy reconfortante. Quiero escuchar las voces del otro lado de la cama, pero sé que, si me quedo aquí, me dormiré al instante. No me queda más remedio que asomar la cabeza.

—Vaya, otra vez el gato de la sala para mascotas —dice sorprendida Hanae, la esposa del hijo de Satsuki, al verme saltar desde la cama sin hacer apenas ruido.

Me limpio con la lengua.

—¿Los gatos de aquí van y vienen sin vigilancia? —pregunta Satoru.

—No lo sé. La última vez pensé que tu madre lo había sacado de la sala por su cuenta. Quizá dejar que entre y salga a su antojo de las habitaciones es parte de la terapia.

Aunque Hanae responde a la pregunta de su marido, este no le presta atención.

—Con lo que nos ha costado venir hasta aquí y está ahí tumbada en la cama —comenta con un suspiro.

Su tono refleja irritación, como si le fastidiara. Me entristece oírlo.

—Cuando está tranquila y se preocupa por ti y por

mí, actúa normal. Una de las cuidadoras mencionó que podría ser algo cíclico, que su estado cambia más o menos cada dos semanas.

El viento que entra por la ventana refresca un poco y un escalofrío me recorre todo el cuerpo.

–Por cierto, mi hermana me ha enviado un mensaje –dice Satoru, sacando el móvil del bolsillo de la chaqueta.

–¿Tu hermana? ¿Y qué dice?

Satoru intenta mostrarle la pantalla del móvil a Hanae, pero ella se levanta para cerrar la ventana. Después, baja la mirada y empieza a leerlo en voz alta:

–«¿Cómo se encuentra mamá? Siento mucho que os tengáis que encargar de esto vosotros dos solos. Estoy pendiente todos los días de cualquier novedad de la residencia».

–Creo que a tu hermana le gustaría verla. ¿Por qué no la dejamos venir, aunque solo sea una vez?

Agito los bigotes, dispuesto a aprobar esa idea, pero Satoru niega con la cabeza.

–Es mejor que no venga. Nunca se han llevado bien y, si viene, solo conseguirá confundirla más. Ahora que apenas recuerda que tiene una hija está más estable.

–No se ven desde el divorcio, ¿verdad?

–Mucho más. Mamá se opuso muchísimo a ese matrimonio, pero mi hermana se casó de todos modos. Desde entonces, para ella dejó de formar parte de la familia y le retiró la palabra. No solo se fugó para casarse, sino que después se divorció en poco más de un año. No me extraña que mamá la repudiase... Además, ni siquiera ha vuelto a tomar nuestro apellido.

–¿Ahora vive sola? –pregunta Hanae.

–Creo que sí.

–Ha dicho que está pendiente de cualquier novedad de la residencia. ¿A qué se refiere?

–¿Cómo dices?

–En el mensaje de antes. Dice que está pendiente, ¿es que vive por la zona?

–No creo. Quizá se refiere a que se pasa de vez en cuando por aquí.

La conversación termina ahí y alguien llama a la puerta.

–No sabía que tu hijo también estaba aquí. Gracias por venir –dice una cuidadora, con la voz cargada de energía.

Aprovecho el hueco de la puerta para escabullirme por el pasillo.

–Hoy ha estado todo el rato durmiendo.

Oigo la vergüenza en el tono de Satoru desde lejos.

5

Salgo de la residencia y comienzo a andar sin rumbo fijo. ¿Qué habrá querido decir con «Estoy pendiente todos los días de cualquier novedad de la residencia»? Recuerdo las palabras de Nijiko sobre cultivar la imaginación y empiezo a darle vueltas a la cabeza.

¿Quizá da un paseo por la zona todos los días? ¿O tal vez se haya mudado a una casa cercana y puede ver la residencia desde la ventana sin que su hermano lo sepa?

Me detengo y miro a mi alrededor. Entonces me fijo en una tintorería al otro lado de la calle, justo enfrente de la residencia. Cruzo la calle y me acerco.

Desde detrás de la puerta automática puedo escuchar a la dependienta hablando con una clienta.

—¿Vienes a recoger el jersey *beige*?

—Sí. Mientras estaba haciendo el cambio de armario me lo encontré en el fondo y, como tenía prisa, te lo traje.

La risa de la clienta resuena por la tintorería.

–Es que de repente ha refrescado, ¿verdad? Yo nunca sé qué ponerme en esta época –responde la dependienta con familiaridad.

Quizá se trata de una clienta habitual…

–Sí, este año el tiempo ha cambiado muy pronto. Ya casi se acerca la temporada de los festivales. ¿Te ha llegado a casa el número para la rifa? –pregunta la clienta.

–Es que no vivo por aquí. Vengo en tren y tardo casi una hora en llegar.

–¿Vienes desde tan lejos?

–Sí, es que mi madre está en la residencia de enfrente.

–Ah, ya veo. Entonces estarás más tranquila sabiendo que la tienes tan cerca.

La respuesta de la dependienta queda interrumpida por una voz que emerge desde el fondo de la tienda:

–¡Kozue!

¡Lo sabía! Kozue trabaja en esta tintorería y así, mientras tanto, puede estar pendiente de Satsuki en la residencia.

Siento cómo una oleada de energía me recorre el cuerpo y me eriza el pelaje. No solo aparento el doble de tamaño de lo normal, sino que mi cola está completamente inflada.

6

Primero tengo que averiguar cómo conseguir el alma de Satsuki.

Dado que su memoria va decayendo, es posible que una parte de su alma se encuentre ya en el mundo azul, pero todavía no vive ahí de forma permanente. Es muy difícil atrapar un alma incompleta y fragmentada.

Mientras lo pienso, recuerdo que alguien mencionó que el estado de Satsuki mejora y empeora cíclicamente. ¿Podría haber algún tipo de patrón? Camino y noto algo que cruje bajo mis patas: una hoja de ginkgo. Las hojas de este árbol cubren el parque por completo. Pronto cambiará la estación. De hecho, oí algo sobre el cambio de tiempo en la tintorería…

Me detengo sobre las hojas amarillas y recuerdo la voz de Kozue.

«El cambio de estación»…

Los habitantes del mundo azul pueden ir al mundo verde durante los equinoccios, tanto el de otoño como el de primavera, durante el festival Higan, que se celebra a lo largo de una semana, tres días antes y tres días después de cada uno. Durante esos días, la noche y el día duran lo mismo, y el cielo y la tierra se acercan. Por eso, los habitantes del mundo verde suelen visitar la tumba de sus difuntos en ese momento.

En casa de Michiru, esos días comíamos *ohagi*, un dulce blando de arroz relleno de pasta dulce de judías rojas. No puedo hablar por todos los gatos, pero a mí me encanta el sabor que tiene. Después de comer, Michiru incluso me dejaba lamerle los dedos.

Este dulce se come también en el equinoccio de primavera, pero con otro nombre: *botamochi*. Recuerdo que mamá le explicó a Michiru que el nombre cambia porque la palabra *bota*, en japonés, hace referencia a las flores de las peonías, que crecen en primavera. También recuerdo que le explicó que los equinoccios son parte de los veinticuatro periodos solares, una manera de medir las estaciones según el calendario chino. La primera vez que lo oí, me confundí y pensé que comeríamos estos dulces veinticuatro veces al año... Me llevé una gran decepción cuando descubrí que no era así.

Según el calendario solar chino, el año se divide en veinticuatro partes, por lo que hay un cambio de estación más o menos cada dos semanas. ¿No dijo Hanae algo similar? Sí, dijo que el estado de Satsuki cambiaba más o menos cada dos semanas.

No tengo pruebas, pero tampoco me parecería raro si el alma de una persona viajara de un mundo a otro según los términos solares. Cada dos semanas, parte del alma de Satsuki viaja hasta el mundo azul.

Con esa creencia en mente, me dirijo otra vez a la residencia.

En el mostrador de la recepción hay un pequeño calendario. No solo están marcados los días de la semana y las fases de la luna, sino también los días correspondientes a los veinticuatro periodos solares. El próximo es dentro de dos días.

Tengo que darme prisa.

Corro a toda velocidad hacia la puerta automática, pero me estampo contra ella antes de que se abra. Doy un paso atrás, dejo que el sensor me detecte y, ahora sí, la puerta se abre.

Estoy acurrucado sobre el regazo de Satsuki cuando Hanae entra en la habitación, a la hora de siempre.

—Vaya, te ha cogido mucho cariño —comenta sorprendida al verme tan a gusto.

—Qué buen gatito eres, Kū —dice Satsuki, acariciándome el lomo y sin prestar atención a las palabras de Hanae.

Estoy luchando por mantenerme despierto a pesar de que las suaves caricias de Satsuki me lo ponen muy difícil. Mis párpados amenazan con cerrarse, pero hago un esfuerzo por mantenerlos entreabiertos y fijarme en la habitación.

Sobre la mesilla de al lado de la cama hay un vaso de café con hielo que Hanae acaba de sacar de la máquina expendedora. Le da un sorbo, lo vuelve a dejar, se gira hacia el estante de la televisión y se pone a limpiar y ordenar.

Es ahora o nunca.

Con movimientos calculados y los bigotes tensos, salto encima de la mesilla y, con la pata izquierda, golpeo suavemente el vaso y consigo que caiga al suelo con un sonido seco. El café se derrama sobre el dobladillo de la bata rosa de Satsuki.

—¡Ah! ¿Estás bien? —grita Hanae sobresaltada.

Antes de que pueda regañarme, me deslizo grácilmente hacia un lado y escapo de la escena del crimen. El grito de Hanae reverbera por el pasillo y, desde fuera, alguien pregunta:

—¿Qué ha pasado?

Salgo de la habitación pasando por debajo de los pies del cuidador que acaba de entrar y me dirijo al pasillo. Noto que se me acelera el corazón.

Cuando por fin consigo calmar la respiración, me acerco sigilosamente a la puerta para escuchar la conversación que está teniendo lugar dentro de la habitación.

—No ha sido mucho. Solo le ha caído en los pies, así que no la ha mojado, pero se ha manchado la bata. Y esta mancha no es de las que se limpian con agua —dice Hanae, preocupada.

Me siento un poco culpable, pero tenía que hacerlo sí o sí hoy.

—Puedo llevarla a lavar, aunque no creo que puedan hacerlo hasta el lunes —comenta el cuidador con cierta pena.

—¡¿Hasta el lunes?! Y encima tardará tres días en llegar… Con lo que le gusta esa bata. Tiene una de repuesto, pero también está sucia.

—Si tienes prisa, ¿por qué no la llevas a la tintorería de enfrente? Suelen tardar solo un día.

Sigo a Hanae mientras se dirige a la tintorería con la bata colgada del brazo. Huelo el aroma a café que desprende el dobladillo manchado.

—Bienvenida —dice Kozue cuando oye a Hanae entrar por la puerta.

Cruzan la mirada y ambas exclaman sorprendidas.

—¡Así que aquí es donde trabajas! —dice Hanae, asintiendo con la cabeza como si de repente todo tuviera sentido.

—Siento no poder ayudar con mi madre —susurra Kozue.

—Esta bata es suya. ¿Podrías limpiarla lo más rápido posible?

—Ella… ¿usa esta bata?

—¿Qué?

—Se la regalé por su cumpleaños cuando aún vivía con ella. La compré de oferta junto a otra igual, pero me dijo que era un desperdicio de dinero y nunca se la puso.

–Es su favorita. Cuando no la lleva puesta, se pone de mal humor. Ahora entiendo por qué –dice Hanae con suavidad.

–Estará lista para mañana. ¿A qué hora quieres venir a recogerla?

A pesar de que Kozue usa un tono formal, propio de una dependienta, su voz suena algo más alegre de lo normal.

7

Al día siguiente, espero delante de la tintorería a que llegue Hanae.

Ayer conseguí encontrar el fragmento de alma de Satsuki que se encontraba en el mundo azul. Mi plan consiste en entregarle el alma a Hanae para que, cuando hable con Kozue, le transmita el mensaje de su madre.

Ha sido difícil llegar hasta aquí, pero se me hincha el pecho de orgullo y satisfacción por poder transmitir por fin el mensaje. Aunque Hanae está tardando mucho…

Ya ha pasado la hora en la que se supone que vendría a recoger la bata, pero no ha aparecido. ¿Y si se ha acercado mientras estaba mirando hacia otro lado? No, estoy casi seguro de que eso es imposible… Hoy me he esforzado mucho por estar alerta, sin distracciones.

En ese momento suena el teléfono de la tintorería.

—Tintorería Limpio y Relimpio, ¿en qué puedo ayudarle? —dice Kozue al teléfono.

Desde fuera de la tienda solo puedo escuchar su parte de la conversación, me es imposible oír al otro interlocutor.

–Sí. Era para recoger hoy a las diez, pero aún no ha venido.

Está hablando de Hanae. Me tranquiliza saber que no ha recogido la bata sin que me enterase después de todo el esfuerzo que he hecho por fijarme en los detalles y mantener los ojos bien abiertos.

De pronto, la voz de Kozue suena confusa.

–¿Una entrega? Supongo que podría, pero…

Trato de imaginarme la situación. Quizá, por algún motivo, Hanae no puede ir a recoger la bata y prefiere que alguien se la lleve directamente a la residencia.

–Sí, soy yo. Sí, fui yo quien cogió el encargo ayer –confirma Kozue.

Responde varias veces más «Sí» y «Entendido» y después cuelga. Oigo cómo suspira profundamente, incluso desde fuera de la tintorería. Parece que hoy no hay nadie más en la tienda.

Antes de salir, cuelga un cartel en la puerta: VUELVO ENSEGUIDA. En la mano lleva una bolsa de plástico con el nombre del negocio.

No tardo ni un segundo en reaccionar y sigo a Kozue. Me siento como el protagonista de uno de los libros de Michiru, un gato detective que se dedica a resolver misterios. Aunque, en realidad, el personaje era un gato siamés de ojos azules.

A pesar de que Kozue solo tiene que cruzar la calle para llegar a la residencia, se detiene varias veces y respira profundamente, como si le costase trabajo caminar, mientras se lleva la mano a la frente. Llega a la entrada con gran dificultad; por cada paso que da, retrocede uno más. Se mueve de manera extraña, y eso que no tiene pérdida.

Me entran ganas de decirle que solo tiene que seguir recto, pero en el fondo la entiendo. No está segura de si entrar en la residencia es una buena idea.

Tras varios amagos, Kozue llega a la recepción y se dirige al hombre que se encuentra detrás de la ventanilla:

—Hola. Trabajo en la tintorería de enfrente. Traigo una bata de la señora Satsuki —dice con prisa.

—Ah, sí, de la tintorería. Disculpa, pero ¿te importaría subirla directamente hasta su habitación? Solo hay que subir las escaleras y…

Pero Kozue lo interrumpe antes de que pueda terminar la frase.

—¿Yo?

—Sí, es lo que pidió la nuera de la señora Satsuki. Dijo que era una prenda delicada y personal, y que la señora Satsuki se sentiría más tranquila si la entregaba usted en persona.

Dicho esto, el recepcionista vuelve apresuradamente a su trabajo. Kozue se encuentra en una situación muy incómoda, totalmenteparalizada y sin saber qué hacer. Pero no puede quedarse ahí como un pasmarote. Después de todo, ha dejado la tienda para llevar a cabo esta entrega.

—Ah, Kū, pasa, pasa.

Satsuki me recibe amablemente y yo le respondo con un ronroneo suave, muevo la cola de un lado a otro y me restriego contra ella. Mientras hago esto último, le transmito parte de su alma, la que he traído del mundo azul.

De pronto, Satsuki alza la cabeza.

—Le dejo por aquí la bata recién llegada de la tintorería.

Kozue, con la cabeza gacha y el pelo sobre la cara, coloca la bolsa en la mesilla. Desde donde estoy, no puedo ver la expresión de Kozue y creo que Satsuki tampoco.

—Muchas gracias —dice Satsuki y, justo cuando Kozue está a punto de salir de la habitación, añade—: ¿Podrías ayudarme a ponerme la bata? Es mi favorita, sin ella no me siento yo misma.

Una pequeña sonrisa le ilumina el rostro.

Kozue parece confusa, pero al cabo de un momento logra responder:

—Su nuera dijo lo mismo, que era su favorita. Por eso vino a la tintorería, para que estuviese limpia lo antes posible.

Consigue mantener una expresión serena en el rostro. Luego saca la bata de la bolsa, se acerca poco a poco a Satsuki y, con cuidado, se la coloca por la espalda.

Desde donde estoy, veo que los ojos de Kozue están inundados de lágrimas, pero su madre, con la vista fija hacia delante, no se da cuenta.

—Gracias —dice Satsuki, inclinando la cabeza.

A Kozue no le salen las palabras.

—Gracias. Gracias por venir —repite su madre.

Kozue sale de la habitación y Satsuki se inclina hacia mí y, mientras me acaricia el lomo, confiesa:

—Lo he mantenido en secreto, pero tengo una hija preciosa. ¿Qué clase de madre no querría a su hija? Parece que está bien, qué alivio.

Algún día me gustaría transmitirle esas palabras a Kozue, pero ese es un trabajo para un gato mensajero más experimentado. Tendré que seguir esforzándome para lograrlo.

Sigo un ratito más en la habitación. El regazo de Satsuki es el lugar perfecto para quedarse dormido.

Cuando despierto, está empezando a anochecer. Tengo que darme prisa y volver al Café Pont o Nijiko se empezará a preocupar.

Me dirijo a la salida y Satsuki se apresura a abrirme la puerta, no sin antes darme unas cuantas sardinas. Después, me dice:

—Has sido tú el que ha traído a mi hija, ¿verdad? Gracias, doble de Kū.

Y me guiña un ojo con picardía.

No sé si acaba de darse cuenta o si lo supo desde el principio, aunque la verdad es que no importa.

Quizá debería despedirme de mis amigos de la sala para mascotas, pero sé que si me acerco notaran el olor a pescado, así que decido dirigirme directamente a la salida principal de la residencia. Por el camino, le doy mentalmente las gracias a Kū, el gato que se parece tanto a mí.

8

—Has completado un trabajo muy difícil tú solo —dice Nijiko con orgullo.

Ahora, en mi registro de trabajos completados, hay cinco huellas perfectamente alineadas.

—Ve. Es tu turno.

Epílogo

Los repartidores siempre están de parte de los gatos mensajeros.

Apenas ha pasado medio año desde la última vez que estuve aquí, pero me invade una nostalgia inmensa al ver el caqui del jardín de la casa de Michiru. Hay años en los que los caquis dan muchos frutos y otros en los que apenas dan ninguno. Son los ciclos naturales de este árbol. El otoño pasado dio muy pocos frutos y papá se llevó una gran decepción. Sin embargo, puede ver que este año el árbol está cargado de jugosos frutos.

Mientras lo observo absorto, oigo cómo un camión se detiene frente a la casa.

Es el repartidor.

En cuanto baja del camión, paso entre sus pies sin dudar y le rozo con la punta de la cola las zapatillas desgastadas.

Me adentro de inmediato en su cuerpo. Es una sensación rara la de transferirle mi alma a otra criatura. No es algo habitual en el trabajo de un gato mensajero, ya que normalmente llevamos el alma de la persona que el cliente quiere ver y se la transmitimos a alguien más para que entregue el mensaje. Pero el de hoy es un caso muy especial.

Esta vez, el cliente soy yo. Y también soy el mensajero encargado de transmitir el mensaje.

Algo en el uniforme que llevo me hace dudar. Me vuelvo y me fijo en el camión. Me doy cuenta de que no pertenece a una reconocida empresa de mensajería y paquetería, sino que lleva el nombre de una tienda que no conozco. Pensaba que era un repartidor, pero debe de ser alguien que simplemente trabaja para esta empresa.

—Pero si Nijiko me dijo que era a esta hora…

Cuando le conté mi plan a Nijiko en el Café Pont, se encargó de pedir un paquete justo a esta hora para que apareciera un repartidor. En fin… de todos modos, ya he transferido el alma.

Lleno de entusiasmo y propósito, me encamino de incógnito hacia la casa de Michiru.

—¡Buenos días! —digo al telefonillo—. Traigo un paquete.

La respuesta no tarda en llegar.

—Ah, ¡un paquete!

Es la cálida y dulce voz de mamá. Tengo que contenerme para no pegar un bote de emoción al oírla. Desde dentro de la casa, escucho a papá hablar:

—¿Es de la pastelería?

¿Una pastelería? Me fijo en la caja que llevo. Aho-

ra que lo pienso, el logo me resulta muy familiar…
¡Claro! Es de una pastelería a la que fui durante uno
de mis primeros trabajos como gato mensajero. La
que tenía esos profiteroles tan famosos.

–Hoy pasé por casualidad por una pastelería de camino al trabajo. Había una cola enorme, así que no
pude comprar nada, pero cuando salí de la oficina
volví a pasar por ahí y justo estaban terminando de
hornear una nueva remesa y aproveché para pedir
que nos los entregaran a domicilio –continúa papá.

–¿De verdad?

Al oír la voz de Michiru, cargada de emoción, me
dan ganas de entrar en la casa y acariciarle.

–¿Cómo se llama la pastelería? –pregunta mamá.

–Ambroise, o algo así –responde papá.

–Ah, ¡es muy famosa! Sobre todo por sus profiteroles, pero no sabía que también entregaban a
domicilio.

Yo me acabo de fijar que la caja tiene una nota pe-
gada con un sello de un gato.

«Reserva a nombre de Nijiko».

–Gracias, Nijiko –susurro–. Algún día te devol-
veré el favor. Conseguiré que te reencuentres con
tu gato, te lo juro.

Reajusto el peso de la caja de la pastelería y espero a que me abran la puerta de la casa.

–Ya me encargo yo de recoger el paquete.

Tras decir esas palabras, Michiru aparece delante de mí.

Lleva el pelo algo más largo y, tal vez sea por el maquillaje, parece más madura. La veo un poco rara, quizá porque ya no lleva gafas, sino lentillas. Sigue estando preciosa y, lo más importante, parece que está sana. Hay tanto que quiero decirle... Pero, por ahora, me conformaré con entregar el mensaje:

—¡Feliz cumpleaños! —digo de todo corazón y le entrego la caja.

Ahora que he cumplido con mi misión, me invade una enorme sensación de calma y paz.

—*Firmiau* aquí, por favor.

Intentando reprimir el bostezo, se me escapa un pequeño «miau».

—Claro. Un momento —responde alegremente mientras camina hacia el comedor, sin esperar ni un instante para abrir la caja.

Aunque parece más adulta, sigue teniendo la misma debilidad por los dulces. No puedo evitar sonreír.

—¡Qué buena pinta tienen! Pero son cuatro...

—¿Cuatro? Yo pedí tres... —dice papá, incorporándose para examinar la caja.

—Ah, ya veo.

Michiru vuelve hacia donde estoy disfrazado de repartidor. En vez de firmar, me da un plato de papel con un profiterol, aún cubierto de crema.

—Toma, para ti. Feliz cumpleaños —dice, enseñando todos los dientes y sonriendo como si fuera una niña pequeña.

Claro está que Fūta no sabe nada de la conversación que están teniendo en ese momento Nijiko y Sky, que se ha pasado por el Café Pont de visita.

—Me pregunto si Fūta habrá podido reunirse ya con su dueña —dice Nijiko.

—He oído que ella cumple hoy veinte años.

—Sí, tanto Michiru como Fūta cumplen años el mismo día. Le había prometido que celebrarían juntos su vigésimo cumpleaños y quería cumplir con su promesa.

—Por eso era un gato mensajero tan diligente —afirma Sky con admiración.

—Vaya. Mira esto.

Nijiko le enseña a Sky una de las tarjetas del buzón.

—¿Es eso cierto?

Sky abre los ojos, sorprendido.

—Sí, aunque no recuerdo muy bien quién la dejó. Pero no le digas nada a Fūta, por favor —Nijiko se lleva un dedo a los labios, en señal de silencio—. Es mejor así.

En la tarjeta pone lo siguiente:

Solicitante: Michiru.
Persona a la que quiero ver: Fūta.

Vuelvo a mi forma gatuna y me escondo detrás del caqui del jardín, sin dejar de lamer la crema del profiterol que me ha dado Michiru. De pronto escucho una voz que me llama. Miro a mi alrededor, pero no veo a nadie. No puede haber sido el repartidor, porque ya se ha ido, junto con el camión, de vuelta a la pastelería.

Deben de haber sido imaginaciones mías.

Mientras me relamo la crema de la zarpa, vuelvo a oír la voz:

—¡Fūta, estoy aquí!

Viene de arriba. Alzo la cabeza y veo una sombra negra entre los caquis. Ahora que me fijo, resulta que es Natsuki, que va montada en una escoba ella sola y sonríe de oreja a oreja.

Vaya, así que al final ha conseguido montar sin ayuda.

—La próxima vez te llevaré en la parte de atrás —dice con picardía.

Seguro que desde la escoba de Natsuki el jardín se ve muy diferente. Quizá todas las preocupaciones, las lágrimas y los momentos tristes parecen insignificantes desde el cielo. No me importaría ver el mundo desde esa perspectiva.

Sigo relamiéndome, hasta que ya no queda nada de crema. Lamo y lamo, sin cansarme.

He terminado cinco trabajos con éxito y he obtenido mi recompensa. Han pasado siete meses, por lo que ya tengo permitido viajar libremente entre ambos mundos. Sin embargo, he decidido seguir trabajando como gato mensajero.

No es porque me importe que otras personas sean felices, porque me ponga contento ver cómo se re-encuentran con sus seres queridos o porque me guste que me den las gracias.

Lo hago porque me gustan los aperitivos que me da Nijiko y dormir frente a la cálida chimenea del Café Pont. Sí, en realidad lo hago solo por eso.

Índice